ちょっとそこまで

おでかけ俳句

辻桃子
如月真菜

主婦の友社

はじめに

「俳句って、楽しいのよ。ちょっと始めてみませんか」と、私は初めて会った人には声をかけてみます。すると、たいがいの人は、「えーっ、俳句ってむずかしいでしょう。私なんてとても無理よ」と言うのです。俳句をもう始めている人でも、「俳句って、むずかしくて……」と持て余している人もいるようです。

でもそれはあなたがむずかしく考えているからだ、ということがこの本を読めばきっとわかるでしょう。

俳句を始めようと思ったら、まずは「俳句の作り方」や「俳句の文法」などの本をしっかり読んでから、と思う人が多いのですが、こういうむずかしい本を読んでも俳句がどんどんできるわけでもないし、俳句がうまくなるわけでもありません。机の上で本を読むことより、まずは一歩、家の外へ出て実践してみましょう。

毎日ちょっとお出かけしてあたりの景色を見て、思いついた自分の言葉を書きとめておくことこそ、俳句を身につけてゆくいちばん大切な、いちばんの近道なのです。


ときには、少し遠くへ足を延ばしてみるのもよいですね。心も体もリフレッシュして、心を空っぽにして自分の言葉が湧き上がってくるのを待ちましょう。そのための、ちょっとしたコツをいろいろ提案してみました。

試しにまずは、句帖とペンを持ってちょっと出かけてみてください。

あーら不思議。どんどん俳句ができてきた！というあなたの笑顔が見えてきます。

辻 桃子

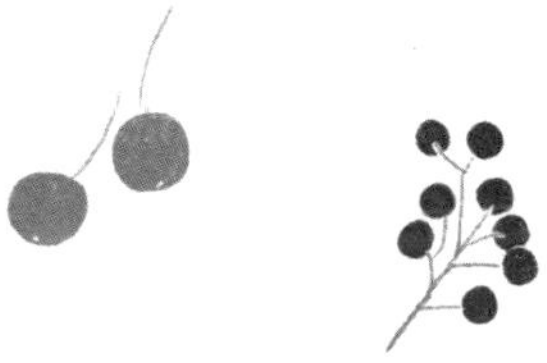

目次

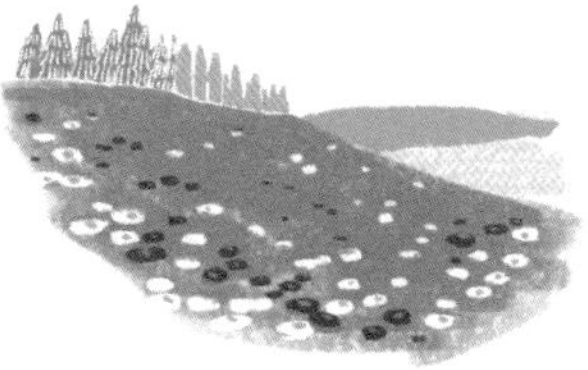

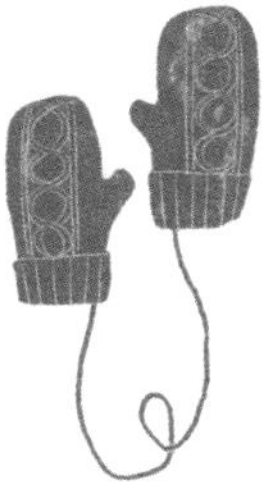

4章 屋外モチーフの季語を効果的に

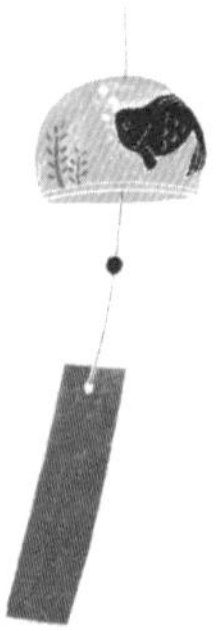

5章 少し遠出もしてみよう

6章　おでかけ俳句を味わおう

コラム

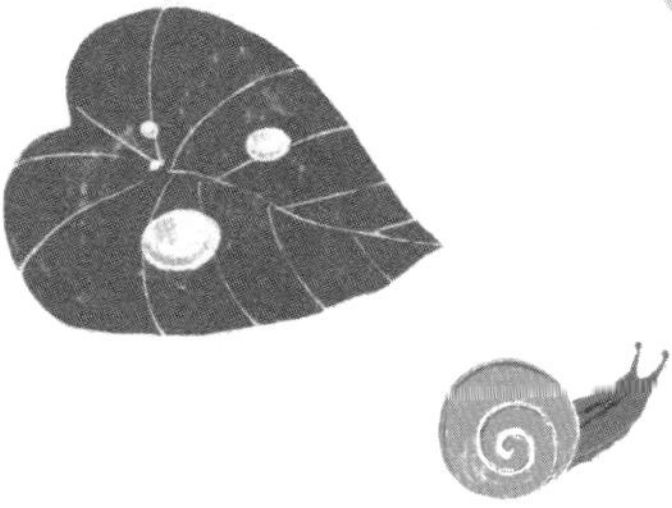

デザイン　横田洋子
イラスト　北原明日香
校正　北原千鶴子
DTP　天満咲江（主婦の友社）
まとめ　中根佳律子
編集補助　川名優花（主婦の友社）
編集担当　松本可絵（主婦の友社）

1章
出かけて俳句を作ってみよう

「おでかけ」は、旅行へ出たり、絶景を見に行くといった非日常のものだけではありません。

庭に出る、近所の散歩、スーパーでの買い物など、日常のおでかけからも俳句は生まれます。

いつでもどこでも見たまま感じたままに

庭やベランダに出ただけでも一句

俳句を始めたころに多いのは、何か劇的な経験をしたり、すばらしい風景を見たりしないと、俳句が作れないと思ってしまうこと。でも、日常の中でそんな機会はそうそうありませんよね。結果、部屋でウンウンと頭をひねって句を作ろうとしてしまいがちです。そんなときは、とにかく一歩踏み出して、庭やベランダに出てみましょう。窓を開けて外を見るだけでもいいんです。

戸を開けると、ほら新鮮な空気が入ってきます。まずは「庭の空気新鮮」と句帖に書きつけます。

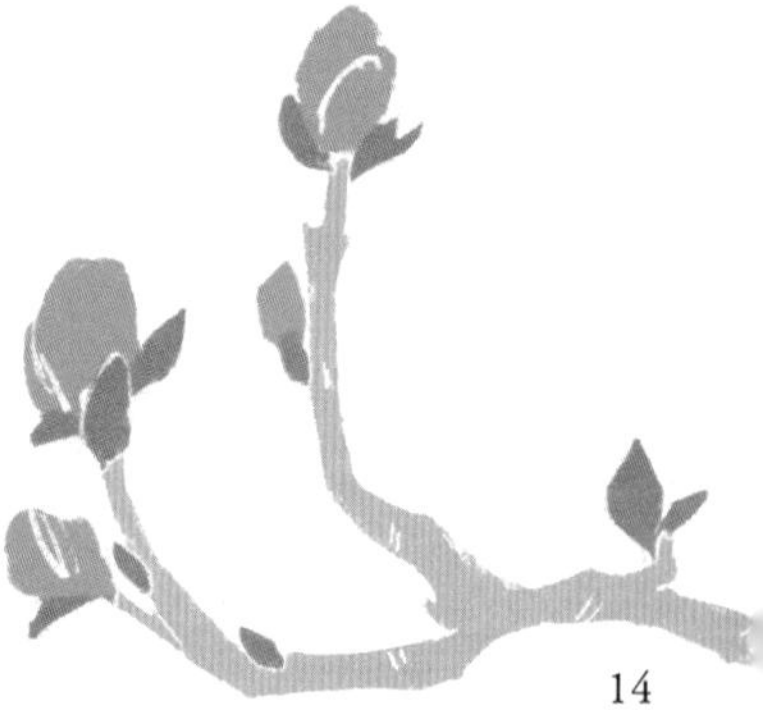

松尾芭蕉《ばしょう》は「旅に出たら自分の家に居るかのように、家に居るときは旅の宿に居るかのごとく」俳句を作りなさいと言いました。庭に出ただけで旅に来たような、見知らぬ町を見回しているような気分になって、お隣の庭の花を覗いたり、遠くの山、雲を見上げたりしてみるのも楽しいことです。

「お隣の庭に咲く小さな花」とか、「どこまでも屋根が並んで」とか、見えたことをどんどんメモしていきます。「遠くの山をこんなにゆっくり見るのは久しぶり」「雲の動きがはやいなぁ」と、感じたことも書いておきます。

こんな当たり前のこと、つまらないことを書いても……と思わずに、とにかく片っ端から見たもの、感じたことを、言葉の切れ端でいいから書きとめておくのです。句帖は他人に見せるものではありませんから、どんなささいな、つまらない感想を書きつけても恥ずかしいことはありません。

縁側に腰を下ろして「庭の空気新鮮」と書きとめた言葉に、何か季語を合わせてみましょう。見回すと、そろそろ春が近く、木々には芽吹いているものもあります。

朝の庭空気新鮮木の芽吹く

としてみました。これもすかさず句帖に書きつけます。

家の庭ぐるると見回し二月来る
寒明けや遠くの山も久しぶり
春待つて雲の動きの速きこと

次々にメモします。ありふれた庭の景が、定型に収まると一句になったと感じませんか？　誰も聞いていないから、「うん、悪くないな」とつぶやいたっていい。

とりあえずこうして季語を入れ、五・七・五にまとめましょう。季語を変えながらどんどんメモして、こういうなんでもない句が十句できたら「手ごたえあり」です。

季語を選ぶのはむずかしいけれど、楽しい作業です。部屋に戻って歳時記を取り出し、合いそうな季語を探して、つけ替えてみるのもいいでしょう。十句全部に、その場でぴったりくる季語が見つからなくても気にすることはありません。あとで時間ができてからゆっくり考えればいいのです。

平凡な光景でも俳句の材料になる

俳句って、こんな平凡なことでいいのかな、と思うかもしれません。そういう方はこの句を見てください。

其辺《そのへん》を一《ひ》と廻《まわ》りして唯寒《ただきむ》し　高浜虚子《きょし》

ふらりと家を出て、周囲をひと回りしたが、ただもう寒いだけだった、というのです。すらすらとよどみがなく「ただ寒し」で止めたところは、さすがに練達の技を感じさせますが、特別なことは何もない、平凡な暮らしのスナップです。

薔薇の芽やこんなに放っておいたのに　園田こみち

薔薇は虫がつきやすく、きれいに咲かせるには消毒したり剪定したり、手を掛けなければなりません。忙しさにかまけてそんなことせずに放っておいたのに、まあなんて健気に、という気持ちが感じられます。季語は「薔薇の芽」で春。

猫除けのペットボトルの透けて夏　小林津也

近所の猫が庭に入ってくるのがイヤで、猫の嫌うペットボトルを並べてあるのです。そのボトルが透けているのも涼しげで、いかにも夏だなあと思う作者です。

ぐんぐんと二階の屋根へ蔓茘枝《つるゴーヤ》　木林みんと

今年の夏は暑いなと、ふと見上げた近所のゴーヤがなんと二階まで伸びている。こんなふうにいつもの道沿いにも、俳句のヒントがあるのです。

露草や飯噴《いいふ》くまでの門歩《かどある》き　杉田久女《ひさじょ》

夕飯の支度でしょう。かまどに掛けたごはんが噴くまでのほんの短い時間、台所を出て門のところまで行きました。門歩きというのは、家から離れず、ほんのちょっと門のあたりまで歩くことです。そこには水色の小さな花をつけた露草が咲いていました。家事や子育てなどの忙しさを一瞬忘れて、可憐な秋の草の花に見入っている作者の姿が浮かんできます。「露草」というはかない秋の季語と「門歩き」という言い回しがこの句のすぐれたところですが、「ごはんが炊けるまでちょっと」ということなら、私たちでもアレンジして句が作れそうですね。

こんなことをわざわざ言ってみてもしようがないと思わずに、ささいなことを拾い出し、改めてさし出してみせるのが俳句です。

一歩外に出るだけで俳句がどんどん作れる

道すがらの光景が次々と句になる

庭やベランダで俳句を作ったら、今度は少し先まで出かけてみましょうか。まずは、出かけやすい天気のいい日を選びましょう。**出発前に心の中で、「今日は五句は作るぞ」などと、自分に言い聞かせます。そうしないと、ぶらぶら歩くだけで終わってしまうことになりかねません。**俳句のベテランになると、ぶらっと出た先でも句を作ろうとする姿勢が身についていますが、始めたころは意識的に作ろうと思わないと、ただの散歩になってしまいます。

そうは言っても、俳句作りが義務のようになっては楽しくありません。あくまでも気楽な精神が大切です。まずはダメもとで試してみてください。

では出発。歩いて五分ほどの公園を目指しましょうか。「公園に着いたら句を作ろう」ではなく、公園に着くまでに何句できるか、という意気込みで。あっ、おあつらえ向きに犬を連れた人がやってきました。さあ、書きとめましょう。「犬をつれた人がやってくる」とメモしましたが、

犬つれた《五》　人やってくる《七》

と、まずは五・七に整えます。

これに何か季語を入れなくては。見回すと、落葉が散っています。とりあえずこれにしよう。

犬つれた人やってくる落葉散る

犬はスピッツでしょう。すれ違うとき、やたらに吠えました。飼い主は「これこれ、そんなに吠えちゃだめ」とさかんに恐縮していますが、こちらとしては内心、これはいい句材だとほくそ笑んでしまいます。

吠えかかるスピッツ叱り落葉散る

また、季語も同じ「落葉散る」では芸がないので、変化をつけてみます。

吠えかかるスピッツ叱り冬木立

今度は自転車に乗ったお母さんがやってきました。幼稚園のお迎えでしょう。前にも後ろにも子どもたちを乗せています。

自転車の前にも後ろにも子ども

五・七・五になったけれど、あれ、季語がない。困った。

自転車の前後に子乗せ冬木立

うーん。下五がさっきの句と同じなのはいただけないか。

自転車の前後に子乗せ息白し

今度はなかなかいいじゃないですか。
こうして、公園に着くまでに六句も書きました。あとは家に帰ってゆっくり見直せばいい。だんだん楽しくなってきました。

俳句のタネは日常のいたるところに

早春の肌寒い日、スーパーに行ったら「今夜はお鍋！」とポスターが貼ってありました。白菜、小松菜、春菊、大根、人参《にんじん》、蓮根《れんこん》、里芋と、鍋に合う野菜が並んでいます。さっそく白菜を手にとるけれど、丸ごとはさすがに重い。半分のものでも持て余しそうで、結局四分の一にカットされたものを買いました。

二分の一いや四分の一白菜買う

鮮魚売り場では、寒鰤《かんぶり》が目にとまりました。けっこうな値段です。でも鍋には、これがなくてはね。がんばって奮発しましょう。

寒鰤の切り身二切れ奮発し

賞味期限切れまであと三日の牡蠣もあります。今晩煮てしまうから大丈夫ね。

牡蠣買うや賞味期限を確かめて

寒い日の温かな鍋物は想像すると楽しくなってきますが、ときには気が重いようなことだって、俳句にしてしまいましょう。

大嫌いな歯医者に行く日も、「俳句を作るぞ」と思えば、少しは心楽しくなりますね。周囲をよく観察すれば、いつもと変わらない医院でもいろいろなことに気づきます。

感染症の流行時には、消毒や換気が大切ですね。

春の歯科消毒薬があちこちに

春寒し待合室の窓開けて

あ、受付はいつもの人じゃない。

受付の人が代わって歯科の春

今日は先生の顔も観察しました。マスクから見える目が笑っています。気持ちが楽になって「小さな目がちょっと見え」「やさしい目がマスクから」と、心の中にメモします。でもやはり、あのガーガー音は大嫌い。イヤだなあ。

ガーガー音参ってしまう春の歯科

もちろん、内科や外科にかかったときにも俳句はできます。

秋うらら加齢ですねと医者は言ひ　阿久津布文

ほら、「ちょっと詠んでみようかな」という気になってきませんか？

おでかけ俳句、まずこれだけは！

感じたことはその瞬間に句にする

いつでもどこでもできる俳句ですが、句作にあたって常に心がけておきたいことがあります。

最も大切なのは即興性です。俳句には、「挨拶句」（出会った人に挨拶代わりに一句）、「打座即刻《たざそっこく》」（座るやいなや一句）といった言葉があるほど。思いついたらすぐに句にする姿勢が重視されます。

俳句を理屈で作ろうとすると、なかなかいいものになりません。たとえ少しおかしな出来であっても、その時その瞬間に感じた思いを、「こんにちは」という挨拶をするかのように、即座に句にすることが大切なのです。何か心に感じることがあったら、とにかくすぐに書きとめておいてほしいのです。

このことを、芭蕉は「物の見えたる光、いまだ心に消へざる中《うち》にいひとむべし」

と言っています。「物の本質が光のように心に刻みつけられたら、その印象が消えないうちに句作すべきである」ということです。そうしないと自然な形で句にならず、夜、寝る前に布団の中であれこれ頭でこね回して作ることになってしまいます。その結果、こね上げた句にはもう、今をいきいきと生きているという躍動感はありません。

見てすぐ作る習慣がつくと、「俳句が作れなくて困るーッ！」ということがなくなるでしょう。あたりを見回してすぐ作り、そこに今の季節の季語をつければよいのです。季語に迷うときは歳時記を開いて、合うものを探します。

人間も自然の一部で、季節とともにどんどん移り変わり、過ぎ去っていきます。だからこそ、一日一日を、自分の命の一瞬を、大切にしたいという気持ちになってくるのです。

爽やかや突堤までを散歩して　藤なぎさ

メモ帳を持ち歩き書きとめる習慣を

目についたこと、思い浮かんだことを句にするためには、メモする習慣も大切です。

近所に行くときも、俳人はメモ帳とペンをポケットに入れていくのです。

メモ帳は、決まったものを用意します。小型の句帖がよいと思いますが、自分で使いやすいものを決めてもいいのです。手近にあるレシートやチラシなどの裏に書いたのでは、すぐにどこかへ紛れてしまいます。

頭で覚えておいてあとで書こうとするのはもっといけません。ちょっと感じた「いいこと」は、二、三歩行けばもう忘れてしまいます。すぐその場で書きとめる習慣を身につけましょう。そのときに感じたちょっとした「いいこと」が、じつはけっこう立派な一句になることもあるのです。

さぐりたるバッグのどこぞ秋扇《あきおうぎ》　橋本水流

最近は、スマホのメモ機能を使う人もいるようです。それもいいですね。ただし、写真でなく、必ず言葉にして残しておくこと。言葉をたくさん頭の中にインプットして、必要に応じて使えるようにしておくことが大切です。

最初の五・七はできたけれど、最後の五が思い浮かばないときなどは、できたところだけをメモしておきます。そのうちに残りの言葉が出てくることもありますし、半端な五音と七音が結びついて思いもかけない新しい句になって現れる、なんていうこともあります。句にならない「言葉のかけら」もどんどんメモしていきましょう。

俳句はあなたにとって、そのときの景色や思いが刻み込まれた、かけがえのない人生の一瞬です。少し俳句を続けてみると、その一瞬の「いいこと」との出会いが、とても大切なものだったと思い当たるようになります。一瞬一瞬を大切にしてゆくことで、よい俳句が生まれ、人生が楽しくなってくるのです。

> 夕暮の一樹《いちじゅ》や椋鳥《むく》のつぎつぎと　石井うらら

できた句には必ず日付を残しておく

作句にあたっては、日付を残すことも大切です。

今日初めて句帖やメモ帳を開いたら、まずその日の年月日を書き込みます。のちのち「あの日は何をしていたっけ」とページを開くと、ちゃんとその日の句やメモが出てきます。それを読むと、忘れてしまったあの日のことがありありと思い浮かびます。そこに昔の自分が残っているのです。

こーんなに下手な句だったのね、と恥ずかしがらなくて大丈夫。誰でも初めはみな下手なのです。ちっともできないから、もうやめようと思ったとき、おそらく一年半ぐらいたったときに、初めて納得のゆく句ができたりするものなのです。

その大切な、始まりの一ページです。月日を残すのは本当に大事なことです。

チューリップ開く四月の三日かな　辻 桃子

2章

「吟行」をまいにちの中で

出かけて俳句を作る「吟行《ぎんこう》」。
連れ立って遠出するイメージがありますが、
ふだんの生活の中でも、一人でも吟行はできます。
「日常吟行」で作句をするためのコツをまとめました。

日常の中でも吟行はできる

出かけた先で一句。それだけで「吟行」

　俳句を始めると、「吟行《ぎんこう》」という言葉を聞くことがあります。「今度の日曜日、△△神社に吟行しましょう」なんて誘われると、なんだか高尚に聞こえて、俳句を始めたばかりだと、ちょっと腰が引けてしまう人もいるのではないでしょうか。でも要は、外に出かけて俳句を作ることです。気ままにのんびりと俳句を作りながら歩けばよいのです。

　また、吟行とは「俳句仲間と連れ立って遠出する」ことだけでなく、1章でもお話ししたように、ちょっと出かけて、気負わず一句作ることもなのです。

　特別な場所に行って立派な句を詠まなくてはと思わずとも吟行はできます。**出先であたりを見回して句を作り、それを口ずさみながらぶらぶらと歩く、これこ**

そが吟行の本来のあり方です。

サンダルをつっかけ、庭に下りて一句作れば、それも立派な吟行。スーパー、コンビニ、公園……あらゆる場所が吟行の舞台になるのです。見慣れた景色でも、「新幹線に乗って遠くまで来たのだ」と自分に暗示をかけて、見直してみることが吟行なのです。

買い物帰りにいつもと違う道を使う、ぐるっと遠回りしてみるなど、日常生活から十分でも二十分でも離れ、外の世界の中で、自分自身を認識する時間が持てればいいのです。

糸とんぼすいと消えしはこの辺り　滝ノ川愛

鶏頭やいつも停める自家用車　根岸かなた

毎日の通勤路で吟行に挑戦してみる

仕事が忙しくて、ちょっとの時間もとる余裕がないという場合もあるかもしれませんね。**そんなとき、通勤している人なら、窓から見える景色に目をやって、毎日一句作ってみるのはどうでしょう。「通勤吟行」です。**

俳句を始めたばかりの人が、こんな句を作って送ってきました。

通勤の窓から見えて春の雲　高橋耕介

「いいですね。空や雲は毎日違って見えますからね。この調子でどんどん句を作りましょう」と返事を出すと、また句が送られてきました。

通勤の窓から見えて夏の空

「同じ言葉ばかり使っていては、読む人が飽きてしまいます。少しずつ、違う言葉を使ってみてはどうですか」そう返事をすると、次はこんな句が来ました。

帰路にして窓から見えて秋灯

通勤吟行にどんどん変化が出てきました。

つくづくと同じ車窓や冬の雨

こんなふうに句を作りながら電車に乗っていれば、通勤も楽しくなりそうですね。通勤吟行で季節の変化に敏感になると、見慣れた景色も新鮮に映ります。

鼻に綿つめて出勤春暑し　佐々木不羅《ふら》

さわやかや川を電車の渡る音　坂谷小萩

台風やほのとぬくとき地下の駅　かわしま道子

夕立の一部始終を車窓にて　志村喜三郎

大勢で出かけても感じることはみな違う

吟行は、何人かで行くこともあります。

かつて、『奥の細道』の芭蕉は、弟子の曽良《そら》とともに江戸を発ち、東北・北陸を巡りました。これは有名な吟行です。

閑《しずか》さや岩にしみ入る蟬の声　松尾芭蕉

俳句仲間数人で郊外へ足を延ばす。一般的な吟行のイメージは、これかもしれませんね。今は「全国〇〇記念俳句大会」などという催しがあり、何百人もの人が集まって、広い野山で吟行することもあります。

しかし、どんなにたくさんの人と一緒の吟行でも、句作は孤独な創造です。これを句にしようと思うものをじっと見つめ、自分の心と頭と体をフル稼働させ

て、小さな感動をまとめるのです。

明治から昭和に活躍した俳人・高浜虚子は、全国各地への吟行をたくさんしました。彼は『俳句を志す人の為に』という文章の中でこんなことを書いています。「吟行は多くの人と同行することもあります。しかし、そうした人が一緒に固まっていると、句はできにくいのが普通です。芒《すすき》に埋もれ、萩《はぎ》に隠れて、めいめい散り散りになって静かに景を探るほうがよいでしょう」

どれほど多くの人と吟行をしようと、作るときは一人だと説いているのですね。だから、大勢で遠出しても、一人で近所を散歩しても、俳句のスイッチを入れれば句作の心は同じ。どこでも吟行になるのです。

マスクして我を見る目の遠くより　高浜虚子

秋冷《しゅうれい》や歩けば足裏《あうら》よろこびて　椎名こはる

句作に向いた吟行先を選ぶ

吟行は自宅のベランダや庭でも病院への行き帰りでもできますが、ときには日常から離れた場所に行きたいと思うこともありますね。少し刺激を与えてくれる場所への吟行は本当にたのしいものです。

日常生活からしばらく離れて知らない場所へ行くと、体中の感覚が研ぎ澄まされます。新しい発見の中で、新鮮な句が生まれることが多々あります。

ではどこへ？　よい句材《くざい》（句になる材料）はどんな場所にあるのでしょうか。

おすすめの吟行先①
自然のたっぷりある場所

まずおすすめしたいのは、森や林、野原、里山、川、海……。自然の中に身をおいて暮らしの雑念が取り払われると、思いがけない心の動きが感じられることがあります。雄大な景色、美しい風景にふれて、大いに俳句心を刺激しましょう。

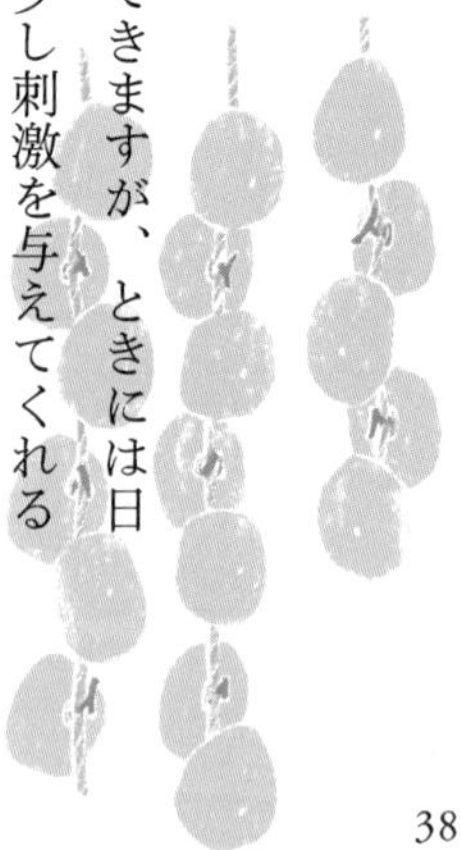

上州に入るや窓には麦の秋　花野みぷり

桜蘂《さくらしべ》ふりし彼方や生駒山《いこまやま》　宮地きんこ

まつすぐに山まで道が蜜柑山　安部元気《げんき》

秋澄むやいよよ青増す仁淀川《によどがわ》　山中 則

ただし、自然を詠むときには陥りやすいワナがあります。ひとつは、ありきたりな発想の「観光俳句」(電車の吊り広告で目にする観光地のキャッチフレーズのような俳句)になりがちなこと。「静寂の森にこだまする鳥の声」「キラキラと宝石のように光る湖」「悠々たる川の流れに心癒され」……。うーん、ご満悦なのは本人だけで、読んでいる側にはさっぱり心に響かない句にならないようにしたいものです。5章でくわしくお話ししますが、有名な山や湖などを詠むときには特に注意が必要です。

もうひとつは、感動のポイントがたくさんあるために、詰め込み過ぎになりやすいことです。「○○に行ったら△△がきれいで、××という花も咲いていて、感動の声をあげてしまいました」を十七音で詠みきるのは無理というもの。

俳句は省略の文学、読み手に任せる文学だということを忘れないでください。有名な名句の数々には、場所や気持ちなどの説明は何も書かれていませんが、作者の感動がありありと伝わってきます。

夏草や兵《つわもの》どもが夢の跡　松尾芭蕉

涼風《すずかぜ》の曲りくねってきたりけり　小林一茶《いっさ》

谺《こだま》して山ほととぎすほしいまま　杉田久女

山国《やまぐに》の蝶を荒しと思はずや　高浜虚子

おすすめの吟行先②
歴史・文化的な場所

小さなお寺や神社などが近所にあるという人も多いでしょう。古い建物、文豪ゆかりの地など、歴史的、文化的なスポットも意外に身近に点在していることが多いものです。それらをモチーフに、こんな句ができたりします。

葛《くず》咲くや無量光寺《むりょうこうじ》へ坂下り　飯塚萬里

古い神社仏閣に出かけるときは、どういうところなのか事前に少し知識を仕入れておくとよいでしょう。物見遊山できょろきょろ見て回るだけよりも、その場所の本質がつかめ、それを詠み込んだ句になります。

法華寺の観音さまへ秋夕焼　夏秋明子

鶏頭《けいとう》や武蔵の国に畠山《はたけやま》重忠　瓜生律子

伊達《だて》公の御廟《ごびょう》に鵙《もず》の高音かな　播磨敬子

おすすめの吟行先③
人の活気に満ちた場所

おすすめの三つめは、人々がいきいきと働き、売り、買い、さざめき合っている場所です。身近なところではスーパー、デパート、商店街。旅先なら市場、朝市、土産物屋、祭の屋台などもいいですね。**人間の生きる営みをじかに見聞きできる場所には、思わぬ発見や感動があります。**

買い物のリュック背負うや野菊径《のぎくみち》　亀村唯今

たとえば市場では、売り手と買い手が楽しく話をし、あれこれ買い込んだりします。そのやりとりが、はつらつとした句になります。

久々や丸ごと一個西瓜《すいか》買ひ　小倉わこ

赤蕪《あかかぶ》が赤いねと買ふうまいぞと　井出好子

白子《しらす》買ふこぼれたものはおまけなり　野口清造

二枚買へば三枚やると鰈《かれい》売る　会川のぶ

これらはみな、朝市で作られた句です。売り手と買い手が、心を交わして楽しんでいる感じが伝わってきます（人とのふれあいを詠むコツはp.98も参照）。

おすすめの吟行先④
知的好奇心を刺激される場所

美術館や博物館、図書館や文化人の旧居など、知的好奇心がくすぐられる場所もおすすめです。静かなところなので、一人で出かけるのにもってこいですね。

本の感想や、美術作品を見た感動などは、そのまま人に話すと知識自慢をしているように思われてしまうことがあります。実際に見たり読んだりしていない人に長々と話しても、相手にはピンとこないことも多いでしょう。

そんなときこそ、簡潔に感動を伝える俳句の出番。**どうすれば十七音に自分の感じた思いを込められるか考えながら、大いに自己表現してください。**

移動図書館さざなみ号も喜雨《きう》の中　如月真菜

虚子庵の廊下きしむや額の花　あべふみ江

ペリー来し久里浜の碑やうまごやし

遠藤里鶴

苦しいときこそ吟行で生きる力をもらう

２０１９年から世界中を襲った新型コロナウイルスによるパンデミックは、人々のおでかけの様を大きく変えました。旅行やイベント、大勢での集いは減りましたし、特に、海外へ足を延ばし、オーストラリアの海を見ながら一句、スイスで山スキーをしながら一句、パリの街をそぞろ歩いて一句、などという楽しい吟行の話はなかなか聞かれなくなりました。

けれどそういった疫病の話は、今に始まったことではありません。

たとえば、江戸時代にも疫病の流行はありましたし、大きな地震や津波の被害もありました。人々は昔から、災害にめげずに生きてきました。俳句や詩歌を詠む伝統は、苦しいときに生き続ける支えとして受け継がれてきたのです。

だからこれからも、非常時だからと俳句を詠むのをやめたりしなくていいのです。いえ、むしろ非常時だからこそ、俳句を詠むことで「明日も元気でがんばろう！」という力を得てゆきたいのです。

コロナの時期を経て、また新しい吟行のかたちが出てくるかもしれません。準備を講じたうえで、軽やかに外へ踏み出したいものですね。

雪の城抜けるや雪の城下町　今泉如雲

出かけ来し春の光にさそはれて　竹山弥女

梅が香や宿のタオルをぶらさげて　番匠《ばんしょう》冬彦

探梅《たんばい》やひさかたぶりに紅引いて　牧やすこ

句に奥行きを出す吟行先の予習

歴史・文化的背景など吟行先のことを調べよう

足を延ばして吟行するときには、少し予習をしておきましょう。**吟行先の知識を持っていると、句に奥行きが出ます。**

本やガイドブックを読む、ネットでチェックするなど、今はいろいろな方法で情報を得ることができます。観光に熱心な自治体では、歴史や郷土や祭のことなどがわかるパンフレットを作っているところもあります。

予習もあわせて、次のようなことを確認するといいでしょう。

□目的地への交通。移動の道すがらにすでに、句材があるかもしれません。
□歴史的な地なら、成り立ちや文化的背景、信仰にまつわる祭の由緒など。
□海や山など自然豊かな場所は「ここぞ」という見学ポイント。
□目的地の観光名所、有名な人の旧居、庵《いおり》跡、墓や句碑。

□地元の人と出会える場所。農作業、市場や祭のにぎわいにふれられる場所。
□「道の駅」や土産物店。
□吟行後、ひと息つけるスポットやゆっくり句をまとめられる喫茶店など。
□泊まる場合は、宿やホテルの確認、予約も。

吟行前の予習は、たとえ吟行のときに一句を授からなかったとしても、俳人としてのあなたの心に豊かなものを刻み込んでくれるはずです。

調べて得た知識は頭の隅においておく

さて、予習は済みました。そうしたら、それを一度さっぱりと忘れてしまいましょう。実際には忘れられないでしょうが、詰め込んだ知識を全部句にしよう！と力んでしまってはいい句ができません。

実際に目的地に行き、その場に立って感じることは、本やインターネットで得た知識とはまた違うはずです。**調べたことは調べたこととして頭の隅におき、現地ではまっさらな心で「こんなところだったのか!」という気持ちで詠むのです。**

頼朝の隠れし岩屋滴《したた》れり　幸山洋生

これは「しとどの窟《いわや》」でしょうか。戦いに敗れた源頼朝が平氏の追っ手から身を隠したといわれる洞窟です。きっと本で見た写真よりも、ずっと迫力を持って迫ってきたのでしょう。「滴る」(夏)が季語になります。

張り切って吟行に出たのに、「ガイドブックで見たのとぜんぜん違う!」「ネットの写真はあんなにすてきだったのに!」といったこともよくあります。

そのように、思い描いていたのと違い、期待はずれでガッカリすることだってあるでしょう。でもそれはそれで、「ガッカリした」と一句にすればよいのです。

来てみれば神社さびれて春行けり　立山孤舟

歴史のある神社なのです。それにしてもなんというさびれようか。そのさびしい景に作者はガッカリしたのでしょうが、おかげでこの一句ができました。

知識があると、それをひけらかしたくなりますが、何も知らない人がアッというような句を作ることだってあります。

寄せてくる一直線の春の波　丸山列人

青々とみかんの山のすずなりに　鈴木とこ

ここは文豪が散策した浜辺だとか、有名な詩に詠われた山であるとか、たとえばそんなことを知らなくても、素直で悠々とした句ができるのです。

芭蕉は、「俳諧は三尺《さんせき》の童《わらべ》にさせよ」と言いました。「背丈が三尺くらいの（五、六歳の）子どものように、素直に思ったとおり見たとおりに感動を言い表すことがなにより大切なのだ。そんな子どものように俳句を作りなさい」というのです。

知識を持ち、しかしその知識にとらわれない。そんな自由な心で句作に臨みたいものです。

吟行のときの服装や持ち物

吟行では基本的に、大きな荷物は邪魔です。荷物は最小限に少なく、軽く、そして句帖とペンを持てるよう、両手は常に空けておくようにしましょう。『奥の細道』の長旅に出た芭蕉の荷物も、絵を見ると、ほんの少しです。

□服装

吟行先の天気、気温に合わせて考える必要がありますが、動きやすく、体温調節しやすい脱ぎ着が楽なものが基本です。天候や季節によっては、軽い上着、帽子、手袋、傘、雨具なども。ポケットのある服だと、句帖とペンを入れておけて便利です。

□靴

足ごしらえは特に大切。俳人は、足で俳句を作ります。

吟行はゴールを目指して歩くものではないので、あちこち見ながら脇道にそれたり、ときには藪の中に入り込んだり、ぬかるみを飛び越えたり、小川を渡ったり……。履き慣れた、軽くて疲れない靴が必須です。

□かばん

できるだけ軽い素材のものを。思いついたことをすぐにメモできるよう、リュックサックや肩掛けバッグなど、両手の空くものがいいですね。

□句帖、筆記用具

句帖はポケットに入るサイズのもの。句を思いつくたびに、いちいちかばんから取り出すのは面倒です。立ったまま書きやすいことも大切です。

筆記具としては、鉛筆やシャープペンシルは避けたほうが無難です。こすれたり濡れたりすると文字が消えてしまうことがあります。油性ペンは句帖の裏ににじみやすいので、水性のボールペンがおすすめ。あまり太くなく、細かく書ける中・細字用が便利です。

□歳時記

分厚くて重い歳時記を持ち歩くのは疲れます。季語が思いつくかどうか心配なら、軽くて小型の「季寄《きよ》せ」(くわしい説明や例句を入れない簡易版の歳時記)や、分冊になったハンディ版の歳時記がおすすめ。スマホで見られる歳時記の電子書籍版も便利ですね。でも、季語はとりあえず、あたりに見える季語を使っておいて、自宅に帰ってから、じっくりと考えて推敲してもよいのです。

行く前に、使ってみたい季語、行き先に合いそうな季語など、五、六語でいいので書き出しておくと、吟行先で作句する際に効果を発揮することがあります。

□辞書

言葉を調べたり探したりするとき、辞書も電子書籍ならスマホで見られます。電子辞書も小型で優秀なものがたくさんあるので、持っていると便利です。

吟行先での心がまえ・ふるまい

自然に身を委ね、心からの敬意を払う

草花を詠むなら、生えている場所、咲いている場所をじっと見つめて、「写生」(p.78)することこそ吟行です。句材となる自然に敬意を払うこと。きれいだからと、むやみに草花を摘んだりしないことが大切です。

花の名前を知らないから句ができない、なんていうことはありません。「見たまま、感じたままを素直に詠む」を思い出しましょう。

見まわして知らぬ草のみ青き踏む　篠山五郎

「どこもかしこも同じような草。名前を知っているのはないなあ」というつぶやきですが、これはこれで立派な一句です。季語は、春の野遊びを表す「青き踏む」。

春になっていち早く伸びてきた青草を踏みながら、詩を作って歩くことです。昔の人も、春になった喜びに、歩きながら一句詠むのが恒例でした。

これ何と名前をきくや青草を　川口しづこ

「何だろう、この草は?」と尋ねただけですが、これも即一句になりました。野の草は知らないものが多いですが、だからといってあきらめる必要はないのです。

いつも見ていて名は知らずほとけの座　西口洋

帰ってから調べたら、あの草は「仏《ほとけ》の座《ざ》」という名だったのです。吟行で見かけた植物や鳥の名前を調べるのは楽しいことで、知識も身についていきます。

最近はスマホで手軽にきれいな写真が撮れますが、美しい風景や草花の写真を撮って安心してしまうのは禁物です。**その日そのときの風のゆらぎ、空気のにお**

い、自然のたたずまいは写真には残せません。言葉で表し、書きとめなくては。写真を撮るのに夢中になると、俳句を作るのがおろそかになってしまいがちです。

地元の人に迷惑をかけるふるまいは厳禁

夢中になっていると、知らぬ間によその家の垣根のない庭先や畑などに入り込んでしまうことがあります。うっかりしたと気づいたときは、相手の方がいるなら謝ってすぐ戻ればよいのですが、なかにはずかずか入っていく人もいて困ったものです。俳人が人に迷惑をかけることは、本当に気をつけなければなりません。

「ここからは入るべからず」茸山《きのこやま》　高野泉水

桃畑で、桃の実に袋がけをしているところに出くわしたことがあります。農業は暮らしの根幹で、季語だって農業にかかわるものがたくさんあります。最高の句材に「ヤッター！」という気分になりましたが、作業の邪魔にならないように、少し離れて見学しました。相手は生活のかかった真剣な仕事中、こちらはのんびり吟行中です。何かきっかけがあって言葉を交わすのはよいのですが、むやみに話しかけたり質問したりするのは控えたいものです。

桃畑のただ今剪枝《せんし》真最中《まっさいちゅう》　飯名涼三

また商いの場に居合わせたら、様子をちらちら見て句帖に書きとめながら通り過ぎるのではなく、必ず何か一品買うことです。それから質問をすれば、気持ちよく答えてくれるでしょう。

さはつたら買はないかんと夜店婆《よみせばあ》　安部元気

出会った人の立場や気持ちを思いやり尊重することは、俳人としての大切な心がまえです。

神社では必ずお賽銭。謙虚な気持ちで向き合う

神社仏閣では、少し奮発するぐらいのお賽銭を出しましょう。「今日の吟行が幸せでありますように。よい句ができますように」とよく拝みます。

自然や神の前に慎み深い心を抱くことは、俳句を詠むことと無関係ではありません。昔の人々にとって山や川は神であり、草花や鳥や蝶はみな神の化身でした。それらに囲まれて、じっと神の存在を確かめていると、あるときふと神がひらめきを下さるのです。私たちはそれを一句にするのですが、そのひらめきがいつ来るかはわかりません。どこまでも謙虚に、心を無にして待つしかないのです。

これは太古の人々が抱いていた「アニミズム」の感覚かもしれません。現代の私たちも、こういう素朴な心を大切にして句作りをしてゆきたいものです。

揚羽蝶《あげはちょう》御堂の前でひらと消え　永井 珠

賽銭のちやりんと鳴つて公孫《いちょう》散る　奥野すみれ

手のひらのうすば蜉蝣《かげろう》これも縁　武田みかん

一つづつ鬼灯《ほおずき》供へ六地蔵　五十嵐 克

連れ立って出かけても、吟行は孤独な作業

人と連れ立って吟行する場合、おしゃべりに夢中になるのは禁物です。じっと見つめて考えているのに、そばの人がぺちゃくちゃ話しかけてきたのでは集中できません。おのおのが黙ってものを見、自然に没入することが大切です。

前出の高浜虚子の言葉（p.37）のように、大勢で吟行していても、句を作るときは一人一人がみな孤独です。誰かに作ってもらうわけにはゆきませんからね。

同じものを見て同じところを歩いていても、一人一人が違うことを感じ、違う一句を作ることこそ吟行の醍醐味です。

五人来て五人一列枯野行く　辻 桃子

五人が一列になって冬枯れの野原を吟行しています。しかし、五人が見ているものは同じではありません。おしゃべりもしていないでしょう。それぞれがみな孤独に別々の思いにひたり、別々の句を作りながら歩いているのです。

すれちがふ日傘はをのこ無縁坂　藤井なづ菜

日盛《ひざか》りの皆それぞれの行き所　佐保田乃布

雪原《せつげん》や行く人もなく跡もなく　加藤ときこ

飽きるまで一人石投げ秋の潮　亀尾馬空

吟行から帰ってきたらしたいこと

メモしたものはそのままにせず一句に

吟行を終えて、あなたの句帖にはいくつ句が書かれていますか？　とりあえず書きとめたメモだけ？

まだ一句にできなくて五・七の部分だけ。季語しか書いていない。季語が思いつかなくて季語なしの十七音……。そういったことはよくあります。句作の道は平坦ではありませんね。

こういう宙ぶらりんのものがあったら、なるべく吟行から間をあけずに、とにかく一句に仕立てましょう。情景を思い出して最後の五音をつけてみる。歳時記をめくって、しっくりきそうな季語を入れてみる。吟行先でメモをとることは大切ですが、メモのままにしておいてはいけません。そのとき感じたことや鮮やかな記憶は、時間がたつほどに薄れていってしまうからです。

そうやって一句にしたものを改めて読むと、「季語は変えたほうがいいかな」「隣にある句と合体させてみるとおもしろいかも」と、自分なりの視点が出てくるはずです。あれこれ見直していると、ひょいと佳作が生まれることもあります。

吟行の場ではわからなかった植物や生き物などのことも、調べてみるといいですね。思わぬ発見をして、また違う句になることもありますから。

吟行で詠んだ句をほかの人に読んでもらう

せっかく吟行したのですから、できた俳句はぜひ発表しましょう。恥ずかしくてできないって？　大丈夫。大げさなことをしなくてもいいのです。たとえば、家族に「こんな句を詠んだのよ」と見せるだけでもいい。ほめられれば大いに鼻を高くし、全然伝わらなければ独りよがりを反省すればいいのです。

何人かで吟行したのなら、それぞれの句を披露し合いましょう。同じ景色を見ていたのに「こんなことには気づかなかった！」「私とは感じ方が違うなあ」な

どと、さまざまな発見があるはずです。友人同士でわいわい鑑賞するのは、本当に楽しいものです。自分の句が意外な解釈をされることもあって、ときにはむっとなることもありますが、それもまた修業だと思いましょう。

地域の俳句の会や、俳句結社の句会に参加するのもおすすめです。地域でやっているものは広報誌に、俳句結社のものは結社誌に案内が出ています。結社誌は図書館に置いてあるものもあります。自治体や結社の中には、ネットやＳＮＳに案内を出しているところもあります。

どこの句会でも初心者は歓迎されますから、まずは飛び込んでみましょう。どんなに偉い俳人だって、初めての句会ではきっとドキドキしたはずです。句会には、句を見てくれる仲間がいます。先生や先輩や仲間の話を聞き、ほかの人の俳句をたくさん読むことで、あなたの俳句はどんどん上達するでしょう。

けれど、句会に参加したら、自分はまだ初心者だという謙譲《けんじょう》の心を持つこともまた大切です。だんだんに上手になってゆくのですから。

俳句の基本おさらい

ここで俳句のルールのおさらいをしておきましょう。

基本の決まりは二つだけ。すぐにわかる方も多いでしょう。

そう、「五・七・五にすること」と「季語を入れること」です。

俳句のルール 1

五・七・五にする

パズルのように言葉をあてはめる

俳句は、たとえてみれば、五・七・五のジグソーパズルのようなものです。

このパズルは五音のピース、七音のピース、五音のピースに分かれているので、ここに、言葉をはめ込んでゆけばいいのです。

上の五音を「上五《かみご》」、次の七音を「中七《なかしち》」、下の五音を「下五《しもご》」といいます。

上五　中七　下五

この五・七・五の型を「定型《ていけい》」と呼びます。つまり俳句は型の定まっている定型詩なのです。

この定型を生かして言葉をはめ込んでみると、日本語には、五音・七音にはめ込める言葉がたくさんあることがわかります。

たとえば、今は「春」で、「風」が吹いているとします。「春の」は三音ですが、「春の風」で五音になります。風が「吹いている」と言えば、これも五音です。風は庭の木の枝を揺らしています。これを「木の枝ゆらし」とすれば七音ではありませんか。この五音、五音、七音のピースをジグソーパズルのように、はめ込んでみます。

（五）　（七）　（五）
春の風　木の枝ゆらし　吹いている

俳句は、まずは思いついたことやものを、このようにピースにしてはめ込むことから始めればいいのです。

高浜虚子は、「こんなものが俳句なのかどうかわからない」と言う人に、「とにかく十七音を並べてごらんなさい」とすすめています。何でもいいから十七音を並べ、それを二、三句作ったら誰かに見てもらえばいい。それが「俳句の第一歩であります」とまで言うのです。

その虚子自身、

夕空にぐんぐん上る凧《たこ》のあり

という句を作っています。夕方の空をふと見上げると、ぐんぐん上がっていく凧があったのです。

（五）「**夕空に**」（七）「**ぐんぐん上る**」（五）「**凧のあり**」

とちゃんと定型になっています。どこか遠くで夕方になっても凧揚げをしている人がいたのでしょう。揚げていたのは子どもだったのかもしれません。「ぐんぐん上る」という無邪気な表現が、いきいきと上がる凧の様子を伝えています。決して、上手な句を作ろうというような作意はありません。

日常のちょっとした場面を見つけ、言葉をパズルのようにあてはめてみることを繰り返すうちに、俳句作りに慣れていきます。

音数の数え方と表記のルール

俳句は五・七・五の定型詩ですが、音数の数え方や表記には決まりがあります。

拗音《ようおん》はまとめて一音と数える

「きゃ」「きゅ」「きょ」「じゃ」「じゅ」「じょ」などの拗音は、二字で一音と数えます。

促音《そくおん》はそれぞれ一音と数える

「ずっと」「コップ」は三音、「いっぱい」「ポケット」は四音です。

⇒ **旧かなづかいの場合、小さな字は、カタカナは小さく、ひらがなは大きく書く（新かなづかいの句は好みで）**

拗音は「ボランティア」「ねこじやらし」など、

促音は「コップ」「ポケット」「ずつと」「いつぱい」などと表記します。

長音《ちょうおん》はそれぞれ一音と数える

「ー」で音を伸ばすのが長音。「セーター」は四音、「エレベーター」は六音です。

俳句のルール 2

季語を入れる

季節や心情に合う季語を見つける

二つめのルールは、「句のどこかに季語を入れる」です。

春夏秋冬に加え、俳句には新年の季語もあります。句を作ろうとしているそのときの季語を入れるのが基本です。

たとえば、春なら春の季語を選びます。春には雪が解け、春風が吹き、

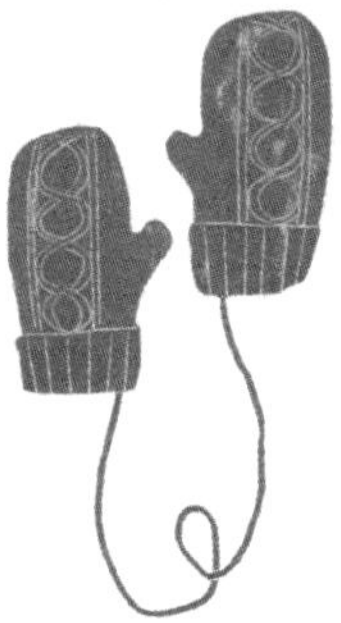

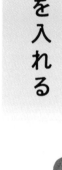

木々が芽吹き、花が咲き、人々は春らしい服装でお花見に行ったりします。「雪解《ゆきどけ》」「春風」「芽吹き」「春装《しゅんそう》」「花見」、すべて春らしさを表した春の季語です。

夏には汗をかきながら、涼しい部屋の中で、窓ごしの夏雲を見ながら、アイスコーヒーでも飲みつつ句作りをするでしょう。「汗」「涼し」「夏雲」「アイスコーヒー」は夏の季語です。秋なら「爽やか」「水澄む」「稲」「豊年」「木の実《こ》」「紅葉」「冬支度」、冬なら「寒さ」「木枯」「コート」「手袋」「ストーブ」「ホットドリンク」……。

新年には、お正月のものや、「初」「始」がついた季語がたくさんあります。たとえば、「元旦」「初夢」「お年玉」「買初《かいぞめ》」「鏡餅」「年始参」「初詣」「仕事始」。

挙げだしたらきりがありませんね。季語がたくさんあるということは、昔の人々がそれぞれの季節の移り変わりと心情を大切にしてきたことにほかなりません。これらの季語を分類したのが、歳時記です。

同じものを詠んでも季語でイメージが変わる

目の前に使い慣れたマグカップが置いてあったら、これに季語をつけて五・七・五の定型にしてみましょう。季節は夏です。

まっ白なマグカップあり夏の朝

見たままに作った句ですが、夏の朝の真っ白なマグカップはなんだかいきいきとして見え、今日一日、さあ、やるぞという気分が伝わってきます。

これが秋ならどうでしょう。

マグカップ古びてきたる秋の暮

同じマグカップでも、秋のさびしさが漂う気がします。

冬の夜のココアの熱きマグカップ

冬の夜には、心身にしみ通るようなココアの熱さがホッとさせてくれます。

春寒《はるさむ》のひんやりとしてマグカップ

春になっても、しばらくは肌寒い日が続きます。マグカップにさわると、まだ、ひやっとする感触なのです。

このように、同じマグカップでも、季語が変わることによってその句を作ったときの作者の「うれしい」「さびしい」「元気いっぱい」といった心情が、読んだ人に伝わってきます。これが季語の働きです。ですから、この一句にどんな季語をつけようかというのは、この一句をどう読むかということにつながり、俳句にとってとても大事なことなのです。

俳句のルール

+1

切れ字を使う

短い言葉で大きくイメージを広げる

二つのルールに加え、もうひとつ覚えておきたいのが「**切れ字**」です。俳句には、大きく分けて「切れていない句」と「切れている句」があります。

切れていない句の例を挙げてみましょう。

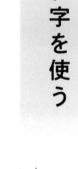

春の水すみれつばなをぬらしゆく　与謝蕪村《よさぶそん》

菫《すみれ》と茅花《つばな》は春を代表する野草ですが、それを春の湧き水が濡らして流れていくよと言うのです。このように、一本の糸のようにイメージをつなげて上から下へと言い下す句を「**一物仕立**《いちぶつじたて》」といいます。

煮凝《にこごり》のざらりと舌にさはりけり　根本葉音

窓口にスイートピーとキューピーと　石坂ひさご

一方、途中で切れる句もあります。

荒海や佐渡に横たふ天の川　松尾芭蕉

この句は、上五の「荒海」に「や」がついて、ここで切れています。**一句の中で「荒海」と「天の川」という二つの異なる情景を同時に詠んでいるのですが、それを可能にしているのが切れ字の「や」なのです。**

「や」は、それがついている言葉を強調し、感動や詠嘆を表します。また、二つのものを取り合わせるときに、両者の間を区切る働きもあります。

日本海を見た芭蕉は、「なんという荒れた海であることよ」と心を動かされました。うねる海、その不気味な荒れよう、引き込まれそうな暗さ。一方、見上げた空には天の川が本州と佐渡島をしっかりと結びつけるように横たわっています。そのほの暗い光は美しくもあるけれど、罪人遠流の島である佐渡につながってもいるのです。大自然を前にした芭蕉は驚嘆の思いとともに、彦星《ひこぼし》と織姫《おりひめ》を引き離す天の川に絶望や孤独も感じたことでしょう。読めば読むほど深い思いが伝わってきます。

短い一句をそこまで深く読み込めるのは、この「『や』で切れている」という形のおかげです。こういう、二つの違ったものをドッキングさせた句を「**取り合わせ**」の句といいます。

「**切れ**」には、**違う世界をつなげて、まったく別の新しいイメージを大きく立ちひらかせる力があります**。俳句独特のリズムを作り出す立役者でもあるので、大いに使ってみたいものです。

元日や手を洗ひをる夕ごころ　芥川龍之介

稲《いね》の香《か》や郷《さと》の小道はうろおぼえ　斎藤月子

春風や闘志いだきて丘に立つ　高浜虚子

代表的な切れ字

切れ字にはさまざまなものがありますが、代表的なのは「や」「けり」「かな」です。

や

大きくは二つの働きがあり、①感動や詠嘆を表す。②二つのものを取り合わせるとき、両者の間を区切る。

①死骸《なきがら》や秋風かよふ鼻の穴　飯田蛇笏《だこつ》
②葉桜や金色《こんじき》に透きとほる飴　皆川燈《あかり》

けり

厳しく強い覚悟、潔くきっぱりとした思いなどを表す。

闘鶏《とうけい》の眼《まなこ》つむれて飼はれけり　村上鬼城《きじょう》
潔くレモンサワーで別れけり　中 小雪

かな

作者の思いが向けられた先を示す。「かな」のついた言葉が句のポイントになる。

曇り来し昆布干場の野菊かな　橋本多佳子
十歩ほど逃げて夜店のひよこかな　田代早苗

・ほかの切れ字としては、**「なり」「たり」「ぬ」「ぞ」「し」**などがあります。**一句の内容を途中で切ったり、終わりを強調したりする働きをしていれば、その語はすべて「切れ字」**です。
・切れ字には強い働きがあるので、一句の中に二つあるとあちこちで句が切れてバラバラの印象になります。「や・けり」「や・かな」のように、**一句の中に同時に使うのは避けたほうがいい**でしょう。

3章

おでかけ俳句が見違えるコツ

外に出て俳句を作るとき、
あれもこれもと目移りしがちです。
まずは自分の興味を引く対象を見つけましょう。
それをしっかり観察することが、
心を打つ俳句を作る第一歩です。

すべての基本になる「写生」

詠もうと思うものを一時間見つめてみる

俳句を始めると、誰でもうまくなりたいと思うものです。うまくなるためにはたくさん作り、人の句を読み、季語の勉強をすることも大切ですが、すべての基本になることがあります。それが「**写生**」です。写生だなんて、風景画でも描くようにスケッチをするのでしょうか？　そう！　そのとおりです。

明治時代に活躍した俳人・正岡子規《しき》は「景色や事物をありのままに写しとり、客観的描写をする」絵画の姿勢が、俳句にも通じると唱えました。それが「写生俳句」の始まりです。**物をじっくり見て、その場でサッと写生（スケッチ）する。それは絵画だけでなく俳句にも通じる考え方なのです。**

要は、頭でこねくり回さずに、目で見て作りなさいということ。

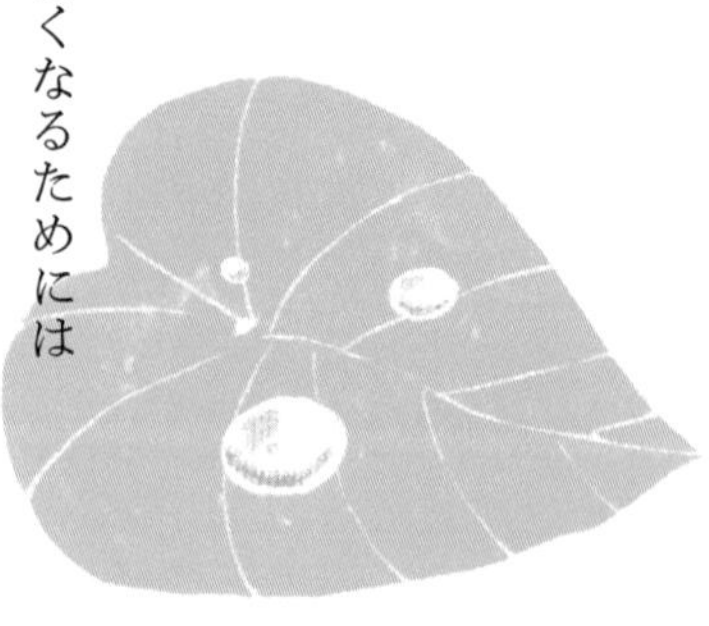

たとえば、この句はどうでしょう。

ゆさゆさと大枝ゆるる桜かな　村上鬼城

満開の桜が目の前にあったのです。花の色の美しさ。鳥がやってきた。花見客が見上げている。いろいろなものが見えたはずです。そこに春の訪れのうれしさ、やがて散る花のはかなさを感じたかもしれません。でも作者はそういうすべてを何も言わず、ただ目の前にあるゆさゆさと揺れる大枝だけをスケッチしました。そうすることで、読む人が美しさやはかなさや喜びをそれぞれに感じとれる、味わい深い名句になりました。

藤房《ふじぶさ》の最後の一花《いっか》落ちにけり　佐保田乃布

一カ所を動かず、じっと藤棚を見つめていたら、ポロリと最後の一花が落ちました。それをただ描写しただけですが、読んだ人になにかを思わせる力のある句です。

昭和・平成期の俳人、波多野爽波《はたのそうは》は、こんなことを言っています。

「一時間ぐらいは同じものをじっと見なさい。そして思いつく限りのものを片っ端から五七五で書きとめなさい。最後に句帖を閉じて立ち上がったとき、ふと浮かんだ句がその日の一句です」

素直で真っ白な心で対象をよく見る。深く見る。俳句を詠むときには、そういう「写生の姿勢」を常に持っていたいものです。

素直なスケッチがいい句を生み出す

写生は決してむずかしいことではありません。見たまま感じたまま、自分が何か心引かれたモノやコトやヒトをそのまま写しとるのです。

と言ってもピンとこない方もいるかもしれませんので、散歩中の想定で、具体的な例を挙げてみましょう。

家の近くを歩いていると、夏みかんがなっている大きな古い家がありました。たくさんの立派なみかんに目がいきます。

この家の庭にたくさん夏みかん

ほら、もう一句できました。まずはこれでいいんです。小学生のころ、スケッチブックに景色を描いた写生と同じです。

でも、もう少しそばに寄って、一つの夏みかんをじっくり見てみましょうか。ちょっと見ただけではわからなかった細部に気づくかもしれません。

大きくて肌も荒くて夏みかん

ただ夏みかんがなっているというのではなく、よく見ることで果物の皮のゴツゴツ感まで表現できました。

そして、また全体を見上げます。

夏みかんたわわになって明るくて

たわわな夏みかんが明るいなあというのは、素直な実感です。こんなふうにどんどん作っていけばいいのです。気に入らなければ、あとで変えればいい。恐れずにたくさん作りましょう。

見たこと、感じたことを素直に詠むと、いい句ができるものです。

しばらく夏みかんを見ていたら、夏みかんの木の向こうから、箒とちりとりを持ったこの家の奥さんらしい年配の女性が出てきました。

夏みかん箒《ほうき》をもって刀自《とじ》現るる

この句を見れば、その場にいなくてもどんな状況だったのかがわかります。

「好きなだけ持っていってくださいね」と声をかけられたのかもしれません。

夏みかんもらう鞄に入るだけ

ちなみに「刀自」とは、年配の女性を尊敬を込めて呼ぶ言葉です。「奥さん」や「媼《おうな》」では五・七・五に収まらない。かといって、「婆」では、大きな古い家から想像される、何代も続いたような立派なお宅の奥様の感じに合いません。

「婆」にするか「刀自」にするかなどと句の雰囲気を出すための言葉を探すのも、写生に現実味を持たせるうえでは大切なことです。

感動を伝えるために心がけたいポイント

写生俳句にはいくつかポイントがあります。対象をよく見る、じっくり観察するのは大前提。そのうえで、見たものの感動を伝えるために、心がけたいことがあります。

「こんなつまらないことを詠んでも」「これだけだと人に伝わらないのではないか」などと考えず、作り手自身が対象の何に心を引かれたか、言葉を探しながら表現してみることです。

①感動や驚きを素直に詠む

知識や教養をふりかざさないこと。**言い尽くされた表現や美しげな表現、ありきたりの慣用句を避けて、自分自身の思いを素直に詠むこと。**

草茂り西瓜の蔓《つる》はその上に　松尾むかご

夏の終わりには、畑は草ぼうぼうになります。その草むらをよく見ると、西瓜の蔓が這っていました。蔓は太くうねうねと続き、棘《とげ》のような産毛にまみれています。「あっ、西瓜の蔓！」と作者は思ったのでしょう。むずかしい言葉を使わず、ただそこにある光景を詠んだだけですが、蔓の先にはきっと見事な西瓜がなっているはず、というワクワクした気持ちまで伝わってきます。

鯉のぼり影がさつきの花に落ち　田代草猫《そうびょう》

鯉のぼりの影が、今ちょうど、杜鵑花《さつき》の花の上に落ちているのです。なんでもない一瞬ですが、その庭のありようが見えてきます。

鯖雲《さばぐも》やすこし色褪せペコちゃんは　黒木千草

鯖雲とは、鯖のうろこのような秋の雲です。そんな雲の秋の日に見かけた、街角のお菓子屋さんのいつものペコちゃんは、少し色褪せてきたようでした。

②想像の余地がある言葉を選ぶ

見たまま感じたままを的確な言葉で表現することで、書かれていない部分までが読み手に伝わります。俳句は十七音の短い文学です。読み手は、書かれていないことに思いを馳せ、想像力を働かせるのが俳句を味わう楽しみなのです。

くちなはの前半分は草の中　清水泰丞《たいじょう》

「くちなは」(夏)は、朽ちた縄のように見える蛇《へび》のこと。「おっ、蛇だ!」と気がついたときには、体半分はするすると草の中に隠れていたのです。ただ「蛇がいる」と詠むのではなく、その姿がすでに半分隠れていることを描写して、蛇の素早い動きや作者のぎょっとした様子までが想像できる句になりました。

チェーンソー提げしまま来し寒見舞《かんみまい》　山岡蟻人

「寒見舞」は、寒さの厳しいさなかに、どうしていますかと知人の安否を見舞うこと。そう言って現れた人はチェーンソーを持ったままです。さっきまで伐採でもしていたのでしょうか。見舞われた人も山里住まいで、気のおけない間柄だとわかります。招き入れてぼそぼそと話し込む様子が浮かんできます。

写生俳句の真髄は心で対象を見ること

写生俳句と言われて、「目に映った様子を、ただカメラのように写しとればいい」と考えるのは、ちょっと違います。あなたの目に映ったものは、あなたの心に何らかの感情を呼び起こしているはずです。喜び、驚き、悲しみ、怒り、ときめき、満足、うらやみ……目は単なる機械ではなく、心とつながっていますよね。

目で見て詠むというのは、頭で理屈をこねずに、ものの本質を、そのとき自分が感じたとおりに表現するということです。**それも単に対象をなぞるのではなく、ものの内面にある「たましい」を見つけて表現するのが写生俳句の真髄です。**

でも、それはやさしいことではありません。だから、すべての基本として「ありのままに、たくさん写す」ことから始めるのです。本質にたどりつくために、まずはそのものの現実をひたすらに詠む。多作することが大切です。目に見える世界を詠みながら、少しずつ目に見えない「たましい」に近づいていくのです。

赤い椿白い椿と落ちにけり　河東碧梧桐《かわひがしへきごとう》
古池や蛙飛びこむ水の音　松尾芭蕉
梅一輪一輪ほどの暖かさ　服部嵐雪
五月雨《さみだれ》や上野の山も見飽きたり　正岡子規

五感をフル回転させる

さっそく写生で句を作ろうと思ったのに、見回してみても、目に映るものはさっぱり心に響かない。そんなときは、困りますね。

でも写生の対象は、見えるものだけではありません。聞こえるもの、触れたものなど、五感が反応するすべてのものは、写生することができるのです。

外には、音や匂い、触れるものなど、さまざまな刺激があふれていますね。そういった、視覚以外に焦点を当てた写生俳句をご紹介しましょう。

【聴覚】気になる音は書きとめておく

一歩外に出れば、車の音や工事現場の音が騒がしく飛び込んでくるでしょう。

じっと耳をすませてみると、さらにいろいろな音が聞こえてきます。ふだんは聞き流してしまいそうな、誰かを呼ぶ声、子どもの笑い声、どこかで鳴っているスマホの着信音。気になる音、気づいた音はすぐ、書きとめておきましょう。

この鳴き声の鳥は何だろう？　雀でもない鴉《からす》でもないと、知らない鳴き声をキャッチしたら、それもすかさずメモ。すぐには何なのかわからない音も、感じたことを書きとめておく。それがおもしろい句につながることもありますからね。

宵宮《よみや》かと狼煙《のろし》三発聞きながら　浜しのぶ

なんの音？　今夜は宵宮？　そんな素直な一句になりました。メモには「何かパンパンと三発、宵宮の狼煙？　花火？」などと書いてあったかもしれませんね。

聞き覚えある声したり葭簀《よしず》より　楠本たつゐ

通りかかった家に立てかけられた葭簀の内側から声がしたのでしょう。それが聞き覚えのある声。けれど作者は思い出せないのです。誰だろう？　誰だっけ？と、首をかしげているのかしら。いろいろな想像が働いて、読み手も楽しくなります。葭簀を掛けているのだから古風な家なのでしょう。

梅林に口三味線《くちじゃみせん》の小唄かな　三島ひさの

ちやつと飛びちちつと啼くや四十雀《しじゅうから》　安部元気

春昼《しゅんちゅう》や口笛を吹く人ありて　森本遊染

挨拶の声きびきびと卒業子　原あかね

銭湯の自販機の灯や地虫《じむし》鳴く　木下木人

【嗅覚】よい匂いも嫌な匂いも句になる

歩いていると、何かの匂いに気づくことがあります。花の香り、パンの焼ける香ばしい匂いなど、よい匂いはもちろん句材になりますが、嫌な匂い、不快な匂いだって、味わいのある句のタネになるのです。積極的に鼻を生かし、さまざまな匂いを詠んでみましょう。

息吸へばジャスミンの香が鼻にすと　桜もも花

臭き木と名をつけられて臭木《くさぎ》咲く　石井鐐二

剪定の檜葉《ひば》の香強し女工館　井ケ田杞夏《こなつ》

ナンプラー臭き酒場の良夜かな　松本てふこ

雪解けてかすかに獣臭き街　藤舘すみえ

音や匂いなどは特に、ビビッドな感覚を失ってしまう前に、すぐメモすることが大切です。その段階では、まだ句として完成していなくても大丈夫。

ここで少し寄り道の話になりますが、歩き回りながらとったメモ、即興で詠んだ句は、あとで見直して練り直すと、よりよいものになります。この作業を「推《すい》敲《こう》」といい、作句においてとても重要です。

匂いの句を例として、推敲での変化を見てみましょう。

どこからか食事の支度の匂いが漂ってきたので、その場で詠んだのは、こんな句でした。まず、思ったとおりのことを書きとめました。

きつとこれ酢飯の匂いきつ過ぎる

これではあまり俳味が感じられません。季語もないようですね。夏の季語に「鮓《すし》」があるのでそれを使い、語順も変えてみることにします。

きつ過ぎる鮓の匂いよきつとこれ

なんだかおさまりが悪いので、下五も変えましょう。

きつ過ぎる鮓の匂いや近所から

推敲を重ねることで、だんだんまとまりのある句になりました。推敲の余地があるように、感じたことは細かくメモしておくといいですね。

【触覚】さわってみたらオリジナルな句に

さわれるものには、さわってみる。これも俳人の心得です。

見ているだけだと、「こういうものだ」と決めつけてしまいがちです。けれど、さわってみるとどうでしょう。かたいと思っていたものが意外とやわらかかったり、冷たそうに見えたものが温かかったり、予想外の触感だったりします。

見た目のイメージとは違った新鮮な驚き、さわってみなければわからなかった感触、それらがよい句を生み出します。そのとき目の前にあるものをさわるのは、あなただけが体験できること。それが、ほかの人には詠めないオリジナルな俳句につながっていくのです。

爽やかにサドルも冷えてきたりけり　黒木千草

「爽やか」は秋の季語です。秋になって空気が澄み、気温も湿度も下がり始めて爽やかさを感じる時期に、この作者はふと触れた自転車のサドルの冷たさに秋を感じたのでしょう。自転車を見ているだけでは作れない一句です。

松脂《まつやに》の手ににちやにちやと松立てる　奥出あけみ

「松立てる」は正月の「門松」を立てることです。作者は実際に自分で立てたのです。すると松脂が手にくっついてしまった。松のイメージだけではこの句は詠めません。さわってみて初めて「にちやにちや」を感じとったのです。

受け取れば冷え切つてゐるチラシかな　笠原風凜

庭先の薄荷《はつか》刈るなり手のざらり　谷なつみ

天狼《シリウス》や触れて冷たき喉仏　大空如那

ひつぱれば別の蔓《つる》なり烏瓜《からすうり》　増田真麻

陶枕《とうちん》や納まり悪きわが頭　小林大山

いきいきと生活している人は、実感のある句が作れるということがよくわかります。

出かける時間をずらしてみる

同じ風景でも新鮮な発見がある

写生俳句を詠むには、ふだんは出かけない時間に外出してみるのもおすすめです。誰も歩いていない早朝の住宅街、遅い時間に行ったスーパーのいつもと違う様子、夜のウォーキング、見上げることのなかった夜空に思いがけず発見した星……。**出かける時間をずらすと、いつもの風景にも意外な発見があり、新鮮でいい句ができたりします。**

回覧板回す夜道の虫しぐれ　吉井未知

昼間は働いているので、帰ってから回覧板を回すのでしょう。真っ暗な夜道には、虫の集く声が響きわたっていました。

明易《あけやす》のそろりそろりと霧うごく　はらてふ古

「明易」とは、夏の夜が短く、夜が明けるのが早いさまを言う季語

です。こんな早い時間に出てみたら、静かに霧が動いているのが見えました。

知らぬ間にマンション建ちて日暮急《ひぐれきゅう》　しの緋路《ひろ》

晩秋、日暮れが早くなり、急に暗くなるのが「日暮急」という季語です。そんな時間にちょっと出てみて、気がついたのでしょう。

夜の空まだ薄青く夏深し　関ゆきお

夜空といえば、黒く暗いと思っていたのに、涼みに出て見上げた空は、どことなく薄青いのです。いかにも夏も深まった夜です。

打水《うちみず》の花町通り帰りけり　赤川　蓉

花町では、夕方打水をして客を待ち、「打水」（夏）が季語です。そんな打水の夜の涼しさの中を通って作者は帰ってきたのでしょう。

人を詠むときのコツ

心を開いて言葉を交わしてみよう

写生は物だけではなく、人間もじっくり観察します。でも、これが意外とむずかしい！　知らない人をジロジロ見ていては、不審に思われるでしょう。

2章でもお話ししましたが、人を句材にするときには、なるべくその人に直接かかわり、言葉を交わすように努めるといいですね。

山の畑茄子《なす》売る人の無愛想

こんな句がありました。相手が無愛想なのは、茄子を買いもせず、言葉も交わさず、通りすがりに横目で見ていただけの俳人の側に責任がありそう。

仕事中の人にむやみに話しかけるのはよくありませんが、きっかけがあって言葉が交わせるならそれはとてもよいことです。**会話から、思いがけないことを知**

り、それが句の実感を高めることにつながる場合もあります。

私が出会った桃畑の方は、少し話しているうちにすっかり打ち解けて「いちばん困るのはね、花粉を交配させようと〝豆小蜂《まめこばち》〟を放すときなんだよ。うちの蜂は全部隣の畑に飛んでいっちゃって、もうまったくねえ」とこぼしていました。こんなふうに交流できれば、味わい深い俳句も生まれようというものです。

豆小蜂放す桃畑花ざかり

俳人の「俳」は、人に非《あら》ずと書きます。これは「普通の人」としての表面的なつきあいに非ず、「座」としてのつきあいをする人という意味です。これが、江戸時代からの俳人のあり方です。だから俳人たるもの、出先で友人と語り合う場面でも、上品な奥様風のおつきあいをしているわけにはいきません。**心を開いて向き合えば、相手も応えてくれる。そこに句が生まれる素地があるのです。**

俳句論熱く語つて新酒くむ　中小雪

百草《ももくさ》のキムチや喧嘩いきいきと　辻 桃子

熱い議論も、論争からの喧嘩も、俳味を持って、おかしく詠みます。

思い込みを捨て、とことん観察する

直接言葉を交わすことがかなわないときだってあるでしょう。対象は人に限りませんが、俳句を詠むときには気取らず、素直に表現することが大切です。**たとえば、苦手だなあとか、自分からかけ離れていると思う人でも、興味を持って観察すれば俳句にも味わいが生まれます。無関心の目には何も映りませんからね。**

月を見る暴走族の諸君《しょくん》かな　しの緋路

強面《こわもて》の暴走族を「諸君」と呼んだことで、おかしみが生まれました。しかも彼らは停まって月を見ているという、なんとも不思議な句。観察大成功です！

人を詠むときは、相手をいったん「もの」として捉えてみます。**作者の思い込みや思い入れは、ちょっとどけておくのです。服装、持ち物、姿勢などもよく見て表現すれば、その人となりを想像させる深みが出ます。**

ステキな人だ、なんていうありきたりの人物礼賛は、つまらないじゃないですか。かといってイヤだ、嫌いだといった句も、読んで楽しいものではありません。思いは読み手に任せ、冷静な写生に徹してみましょう。

腕組みの男ら寄るや野分《のわき》立つ　山口珊瑚

「野分」とは台風のことで、秋の季語です。強く風が吹く中を、男たちが何か話しています。しかも腕組みをしている。何の話をしているのかを言わなくても、その具体的な描写により、台風が近づいてくる不穏な空気が感じられます。

夏帽や古く重たき靴下げ　村杉踏青

茂《しげり》にてすれちがひしは鋭き目　小川春休

スカートに入れて手毬《てまり》のつき終はり　高橋羊一

臨場感のある表現を心がける

人を詠むときは動きを的確に写生しましょう。**句を読んだ人がその場に連れていかれるような臨場感のある表現ができると、いきいきと印象深い句になります。**

だだだだと降り消防士かけ回る　水上黒介

出かけた先で、火事の現場に出くわしたのでしょうか。消防車から「だだだだ」と降りてきた消防士が、厳しい顔つきで駆け回っています。火災現場の緊迫した様子が生々しく伝わってきます。

うらがへし又うらがへし大蛾《たいが》掃く　前田普羅《ふら》

死んで落ちていた大きな蛾を、箒《ほうき》で掃いているのです。掃くたびに、蛾は表になったり裏になったり。生き物のあわれさとともに、気持ちが悪いなあと思いながら掃除をする人の表情まで見えるようです。

座布団をするとはづして御慶《ぎょけい》かな　山田こと子

「御慶」は新年に「おめでとうございます」と言うこと。そのとき、年賀の客がするっと座布団をはずして手をついたのです。一瞬の動作が見えます。

子どもよりもお年寄りを詠もう

わが子でも他人の子でも、子どもはかわいいものです。だから子どもを詠むと「かわいい」「小さい」「愛らしい」「いとおしい」といった、ステレオタイプの句になりがちです。これを「**月並句**」といいます。子どもを詠んだってもちろんいいのですが、安易に句材とするのは考えものです。

誰でも思うこと、文句のつけようのないことを句にしても、それは月並になりがちです。句材としておすすめしたいのは、子どもよりもお年寄りです。お年寄りは長い人生を経てきているので、独特の味わいをもたらしてくれることが多いのです。

朝市の小菊ならべるお婆《ばあ》かな　今川典男

お年寄りの動作を詠んだ句ですが、あえて「お婆」と相手を丁寧に言ったことで、小菊の並べ方の丁寧さも伝わります。いきいきとした朝市の景色です。

白髪で赤セーターで夫《つま》連れて　岡ともこ

ふらりと近所を歩いたときに、知り合いにでも会ったのでしょう。「セーター」は冬の季語ですが、赤セーターと具体的に色を言うことで、白髪との対比が鮮やかになりました。元気そうな夫人と、つき従っている老いた夫の様子が見えるようです。

行く年や伸びる杖もて姉来たる　毛塚紫蘭

「行く年」は歳末の季語。お姉さんと一緒に年末の買い物に出かけたのでしょうか。今年はもう「行って」しまうのに、お姉さんは「来たる」、その杖は「伸びる」というところがおもしろいですね。

おでかけ俳句で役立つ表現テクニック

俳句の短い音の中で、自分のイメージに合った言葉選びはなかなかむずかしいものです。そんなとき効果を発揮するテクニックをいくつかご紹介します。

これらのテクニックは、外の物音や自然の様態、生き物の動きなどを表現するのにも適しているため、おでかけ俳句でも大活躍します。

【オノマトペ】効果的に状況が説明できる

「オノマトペ」とは、擬音語、擬態語といわれるものです。

雨がザーザー降る、さわるとフワフワする、そばをツルツルする、ヒラヒラ飛び回る、などの傍線の部分がオノマトペです。日本語にはこのオノマトペが数えきれないほどあります。

うまくとり入れると、俳句に臨場感が出ます。また、細かく説明しなくても様

子を読み手に伝えられるので、十七音という制限の中で高い効果を発揮します。

ザザザと池に着水鴨の群　倉持万千

作者は、鴨が何羽いたかは言っていません。けれども、オノマトペを使うことでかなりの数の鴨がいたのだと、具体的な映像を伝えることに成功しています。

草刈やぶうんぶうんと草散らし　番匠《ばんしょう》うかご

「ぶうんぶうん」というオノマトペが、句の中に具体的には書かれていない草刈り機の存在を読者に教えています。オノマトペで存在を説明するテクニックです。

がらがらと木枯し橋を渡りけり　大木一舟

作者の上を吹き抜ける木枯らしを、「がらがら」と描写しています。これは何かを具体的に表すより、木枯らしが荒っぽく堂々と冬の到来を告げているイメージをかき立てるオノマトペです。木枯らしの存在が強調され、枯木立が吹かれている擬人化の効果が出ました。

どうどうと瀧音近くなりにけり　依田小

夏草をぎゆうぎゆう詰めやごみ袋　大野勝山

初雪のひとひらみひらひらひらと　小倉わこ

わんわんと虫寄るところ八ツ手咲く　高橋晴日

【リフレイン】リズムを生み対象を強調する

リフレイン（繰り返し）をとり入れると、俳句にリズムが生まれます。対象を強調する効果もあります。ただし、十七音しかない中であえて繰り返すのです。五・七・五にうまくまとまらないからといって、穴埋めやごまかしに使うのはやめましょう。

しぐるるやしぐるる山へ歩み寄る　種田山頭火《さんとうか》

有名な句ですが、これを「吾《われ》ひとりしぐるる山へ歩み入る」とした場合と比べたら、どうでしょうか。時雨《しぐれ》の中を、さらに激しくしぐれている山に入って行く。そのさびしさや孤独感は、リフレインの句のほうがはるかに強く訴えてきます。単に言葉を復唱するのではなく、必然性があって繰り返しているのです。

いなびかり北よりすれば北を見る

橋本多佳子

北の空にパッと稲妻が走り、引き込まれるように目がそちらに向きました。「北」という言葉には、どこか暗く荒涼としたイメージがあります。それを繰り返すことで、作者の不安感やさびしさがより強調されています。

門入《もんい》れば石石《いしいし》あれば石蕗《つわ》の花

辻 桃子

「石」を三つ繰り返すことで、おのずから整った門内と花が浮かび上がります。「れば」が二回出てくることで、屋敷の堅苦しさも強調されます。

リフレインの句は、ぜひ声に出して読んでみてください。独特のリズムを感じとることができ、黙読とはまた違ったよさが発見できますよ。

あなたなる夜雨《よさめ》の葛《くず》のあなたかな

芝 不器男《ふきお》

みんみんのこの木と決めてみんみんと　梶川みのり

小寒《しょうかん》の車庫入れ再度三度四度　中村ただし

【比喩】大胆で斬新なたとえで魅力アップ

あるものを別のものにたとえるのが比喩《ひゆ》。「〜のようだ」「〜のごとし」といった言葉を使ってたとえる「直喩《ちょくゆ》」と、それを使わない「暗喩《あんゆ》」があります。「○○が××のようだ」という直喩の句は意外に簡単にできるのですが、月並な表現になりがちなので注意が必要です。

よくあるのが、自然現象を美しくたとえたつもりの、「糸のように降る春の雨」「柔肌のようなやさしい風」「紅葉のような幼子の手」などの表現。どれも使い古された言い方で、発想が当たり前すぎて印象に残りません。
動植物や景色などを人に見立てる「擬人化《ぎじんか》」は暗喩の一手法ですが、やはりどこかで聞いた表現にならないよう意識的になることが必要です。「柳がおじぎする」「虫のコーラス」「噴水が踊る」のような表現、「あるある！」と思いませんか？

比喩をとり入れるなら、大胆で意外性のある言葉を組み合わせ、自分だけの表現にしましょう。

CTスキャン洞穴《とうけつ》抜けて走梅雨《はしりつゆ》　谷いくこ

梅雨の前触れの走梅雨の時期に、CTスキャンを受けに行きました。ドーム状の機械にスーッと入っていく様子は、まるで洞穴に吸い込まれていくようです。現代的な医療機器を「洞穴」に見立てたところが新鮮です。

隊列は棒からV《ブイ》へ鳥渡る　福見一歩

渡り鳥が隊列を組んでやってきます。雁《かり》の飛ぶ姿には「鉤《かぎ》になり竿になり」という、よく知られた比喩がありますが、この句は「棒」「V」といった子どものように無邪気な比喩で成功しています。

軒下にシラノのごとき恋の猫　白鳥山女魚《しらとりやまめ》

発情期の猫は騒々しいことこの上ありません。それが、並外れた才能がありながら醜い鼻のために恋をあきらめた、フランスの剣客シラノのようだというのです。この意外性が愉快で、どんな猫なんだろう?と想像が広がります。

夜回《よまわ》りや一筆書きに団地行く　脇坂うたの

夜回りが「火の用心」と寒柝《かんたく》をたたいて呼びかけてゆくのです。それが団地の中をくねくねと巡回するのが、一筆書きのようだとたとえています。

大夕立《おおゆだち》昆布のやうな男来る　中村阿昼《あひる》

寒鰤《かんぶり》の薄情さうな鱗《うろこ》かな　たなか迪子《みちこ》

【数字】手っ取り早くイメージが伝わる

短い詩である俳句では、できるだけ具体的に読者に情景を伝えたいものです。数字は、手っ取り早くイメージを伝えるのに便利です。以上でも以下でもない、その数である必然性が感じられれば、数字を使った句は成功といえるでしょう。

牡丹百二百三百門一つ　阿波野青畝《せいほ》

牡丹園にはたくさんの牡丹が咲いています。そこに入るには門がたった一つ。「百」「二百」「三百」という数字が、満開の牡丹がどんどん増えていく感じをよく表しています。そして締めくくりは「一」。数字の対比も鮮やかです。

五六升芋煮る坊の月見かな　与謝蕪村

月見の会に、お坊さんたちがだんだん集まってきます。このお寺では五、六升もの里芋をゆでたというのです。五、六升といえば相当の量。今夜は大勢集まって月見の宴会です。

卒業生三名来賓十二名　岩田洋子

卒業生が三名というのですから、過疎の村の分校なのでしょうか。来賓は村長さんやら村の名士やら。作者も来賓なのかもしれません。「三名」「十二名」の数字の対比が効果的で、句のイメージを具体的にしてくれています。

鶏頭の十四五本もありぬべし　正岡子規

五六本雨月《うげつ》の傘の用意あり　日野草城《そうじょう》

恋文の二十五g下萌《したも》ゆる　湯浅洋子

星飛ぶや村に一つの街路灯　加々美槐多《かいた》

また一羽また一羽現《あ》れ初鴉《はつがらす》　上原和沙

初詣七十畳の日章旗　谷音符

冬帝《とうてい》や一万本の松青く　村杉踏青

4章

屋外モチーフの季語を効果的に

自然や気候、植物や動物、人の営みなど、
屋外には季語になるモチーフがあふれています。
それらの季語を使いこなし、
ワンランクアップの句作りを目指しましょう。

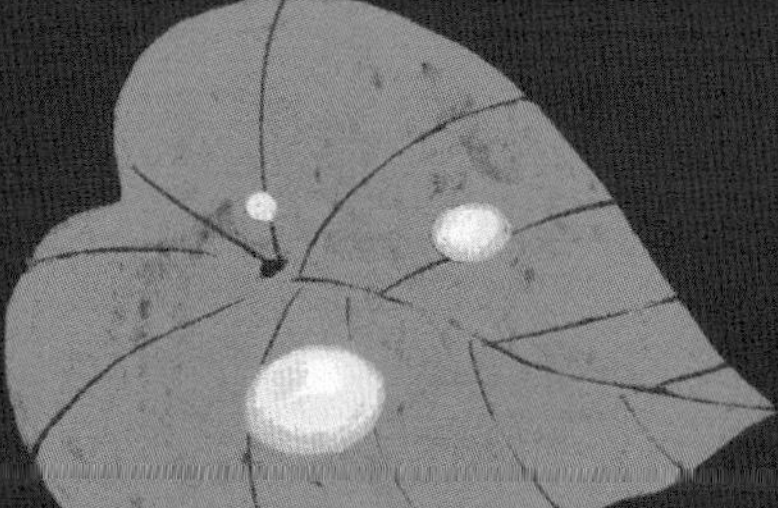

「本意」を知り、季語を使いこなそう

伝えたい思いは季語に託す

季語は、いかにもその季節らしいと感じさせる言葉です。「炎暑」と言えば誰もが真夏を感じ、「門松」と言えば新年を思い浮かべます。夏だ、新年だとわざわざ説明しなくても、季語が「ジリジリと照りつける激しい暑さ」や「めでたく新年を迎える家の様子」を表現してくれるのです。

俳句は十七音という短い文学ですが、そこに人生の喜びや悲しみを感じられるのは、季語が果たす役割が大きいのです。さまざまなことを語ってくれる季語に思いを託して、読者に連想を広げてもらえればいいですね。

季語が多くのことを語れるのは、季語それぞれがイメージを持っているからです。この、季語の持つイメージのことを「本意《ほんい》」といいます。

たとえば、この句からあなたはどんなことを感じますか？

冬の海あの人思い歩きけり

これはどことなく、さびしい句です。きっと、「あの人」とはもう別れてしまったのでしょう。二人で過ごした日々を思い出しながら海辺を歩いている、そんな荒涼とした心の風景を詠んだ句に思われます。

ところが、季語を別のものにすると、ガラッと印象が変わります。

春の海あの人思い歩きけり

この句からは、恋人を思うあたたかな気持ちが伝わってきます。少しほほえみながら、次のデートの計画でも立てているのでしょうか。さびしい印象はどこにもありません。

このように、季語の選び方で俳句の味わいはまったく違ってきます。「冬の海」「春の海」の季語の本意が、句の味わいを変えているのです。

ちなみに歳時記で「冬の海」「春の海」はそれぞれ、こう説明されています。

冬の海　日本海側の冬の海は暗く、荒涼として時化《しけ》ることが多い。太平洋側はからりと明るいが、うねりが大きく荒々しい。*

春の海　のんびりと穏やかに広がる春らしい海。**

冬の海は荒々しい。春の海はのどか。これが本意です。「冬の海」はいかにも冷たそうですが、「春の海」にはどこか牧歌的で穏やかな響きがあり、厳しさや荒々しさは感じません。

本意は、俳句を作る人と味わう人が昔から共通して持つイメージです。ですから俳句を詠むときには、この季語の本意からはずれないことが大切なのです。

季語の本意にはさまざまな背景が

季節の言葉に思いを込めるのは、四季が鮮やかに入れ替わる国ならでは。万葉

*『俳句歳時記第四版』角川学芸出版
**『増補版 いちばんわかりやすい俳句歳時記』主婦の友社

集の昔から、日本人が培ってきた伝統です。春はのどかで穏やか、冬は冷たく厳しいというイメージは、日本人のＤＮＡにすり込まれているのかもしれません。

このように、本意は春夏秋冬のそれぞれの季節のイメージが土台になっていますが、季語の成り立ちには、いろいろなバリエーションがあります。

●特定の時期や、その季節の天候のイメージが本意になる

梅雨明《つゆあけ》や寄席《よせ》の提灯《ちょうちん》百こえて　住友ゆうき

季語「梅雨明」は、じめじめの梅雨がやっと明けた**晴れやかな気持ち、新しいことが起きそうな予感**を漂わせます。これが本意です。この句は、夏がやってきたうれしさと、百を超えるほどたくさんの寄席の提灯がともったという発見を取り合わせ、快く響き合っています。

●歴史的なできごとから連想される思いが、本意になる

敗戦忌起立に椅子のきしむ音　いさか小夜

毎年、真夏にやってくる敗戦忌。おびただしい犠牲の果てのこの日の**やるせなさ、酷暑が象徴する苛烈さ**は、日本人が共通して持つイメージであり、これが季語「敗戦忌（終戦記念日）」の本意です。作者は戦没者を悼む式典に出ているのでしょうか。椅子がきしむ音を取り合わせることで、読み手の心もきしむような切ない思いが伝わります。

●本意として、特定の場所を指す

貝寄風《かいよせ》に伯母さまたちの到着す　如月真菜

「貝寄風」は、大阪湾あたりに吹く西風を示す春の季語。このころ貝は産卵して、

この風で浜に寄せられるといわれています。そして浪速《なにわ》に春がやってきます。本意がわかると、この季語から、**大阪近辺のイメージ**が想起されます。貝寄風の時期、大阪港に船が到着しました。お呼びしていた伯母さまがたがいらしたのです。

雪迎《ゆきむか》へ宿のおかみは変はらずに　辻 桃子

「雪迎」は山形県の言葉で、晩秋に多くの蜘蛛《くも》が空中に糸を流して漂うこと。降雪の前触れともいわれています。寒くなるころの温泉宿です。

特定の動植物が持つ共通のイメージ、伝統行事から連想されるイメージなど、季語の本意にはほかにもさまざまな背景があります。本意を知るのは、俳句初心者がまず心がけたいこと。わからないとき、新しい季語に出会ったときは歳時記を引いて、本意を確認してみてください。

季語のイメージの確認を習慣に

歳時記には、季語の説明と例句が載っています。前出の「春の海」⇩「あたたかく牧歌的」、「冬の海」⇩「荒々しい、寒々しい」といったように、すぐに本意がわかるものだけではないので、いつも手元に置いて季語の知識を増やしましょう。

歳時記によって、少しずつ本意の解説も変わります。たとえば「薄暑《はくしょ》」という夏の季語。いくつかの歳時記を見比べてみると、こんなふうに違っています。

「**初夏の少し暑く感じられる気候**」（辻桃子・安部元気著『増補版 いちばんわかりやすい俳句歳時記』主婦の友社）

「**初夏のころの、あさあさとした暑さ**」（山本健吉編『季寄せ』文藝春秋）

「**初夏、五月頃の暑さをいったものである。セル**＊**の頃である**」（高浜虚子編『新歳時記』三省堂）

ほかにも、具体的に温度を挙げたものなど歳時記によって説明はさまざ

＊セル：毛や絹、合成繊維を使った肌触りのいい単衣の着物地のこと。着物をよく着る人には、「セルの頃」という言葉で、夏めいてきた時期の気候がよくわかる。

まですが、共通するイメージは伝わってきます。
歳時記には、春夏秋冬と新年を一冊にまとめたもの、季節ごとに何冊かに分かれたものなど、さまざまなタイプがあります。箱入りのずっしりしたものや、持ち運びやすいハンディなものなど、形態も多様です。
最初のうちは携帯しやすいものを選んで、こまめに見るようにするといいですね。書店で実際に見て、自分に合ったものを選ぶのがおすすめです。

春夏秋冬と新年がまとまったもの

春夏と秋冬新年が分かれたハンディ版

（いずれも『いちばんわかりやすい俳句歳時記』シリーズ）

「即き過ぎ」「離れ過ぎ」を避ける

当たり前のことを説明する「即き過ぎ」

俳句を作っていると、「即《つ》き過ぎ」という言葉を耳にすることがあります。即き過ぎって、いったいなんでしょう?

先ほどのページで、季語の本意についてお話ししましたが、「即き過ぎ」とは、その季語の本意を一句の中でわざわざ説明することです。本意とはそれぞれの季語が持つイメージ。そのイメージは句を詠む人と、句を鑑賞する人が共通して持っている前提ですので、「この季語でこういうことを言いたいんです」とわざわざ説明する必要はないのです。

たとえば、冬は寒い、夏は暑いなどと、いちいち説明しなくても、「冬」「夏」と聞けば、寒暖のイメージは湧きますね。そのように、わかり過ぎること、当た

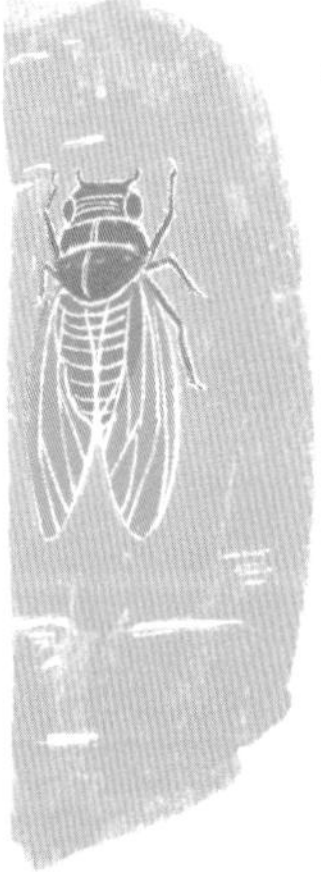

り前のことを説明し過ぎることを即き過ぎといいます。
即き過ぎの例をいくつか挙げてみましょう。

春となりたのしき風の吹いてくる
秋めくや寂しき風と思われし

「春」はワクワク楽しい、「秋」はさびしい。これが季語の本意です。その本意があるのに、これらの句では重ねて言わずもがなのことを言っていますね。十七音しか使えない俳句にあって、「たのしき」「寂しき」と、季語で表現できていること、イメージが伝わることに四音も使ってしまうなんて、もったいない！

元日やめでたく盛りて節料理《せちりょうり》

「元日」には本来、めでたく新年を寿《ことほ》ぐ日という意味があります。「節料理」はお正月にいただく縁起物の食べ物。ダメ押しのように「めでたく盛り」と、一句の中にめでたい言葉ばかりが詰め込まれ、大いに即き過ぎの句になってしまいました。

即き過ぎとはいわば、「しつこい」句です。こんな例も見てみましょう。

ツーピーと何の鳥やら囀《さえず》りは

季語は「囀《さえずり》」(春)。鳥の繁殖期である春には、雄が雌を呼び、雌はそれに応えて、とりわけにぎやかに鳴き交わします。「囀」とは、そういう本意のある季語です。そこに「ツーピー」という鳥の鳴き声が重なるので、しつこい印象になってしまっています。

これをどう直すと即き過ぎを避けられるかは、p.131を参照してください。

「〜だから」でつながる句は要注意

「春は楽しい」「元日はめでたい」と詠むのが即き過ぎだということには、多くの人がすぐに気づくでしょう。では、もう少しレベルが高い即き過ぎを見てみましょう。

春愁《しゅんしゅう》や何度も散歩せがむ犬

「春愁」は、春のなんとはなしに物憂い感じを表す季語です。作者は毎日、何度も散歩をせがんでくる犬にウンザリし、憂うつになってしまったのでしょう。「犬が何度も散歩をせがむから、ウンザリしてテンションが下がりました」と、季語の意味を説明してしまっています。ちょっと複雑ですが、これも即き過ぎです。

季語の説明をしてしまっている句を、もう少し見てみましょう。

チェックポイントは、季語とそれ以外の部分が「〜だから」「〜なので」「〜なのに」でつながるような内容になっていないかどうかです。

十二月借りたる本を読み急ぐ

↓十二月**だから**（年内に返すべく）借りた本を読み急いでいる。

短日《たんじつ》や伐りたる枝を束ねねば

↓日が短い**ので**伐った枝を早く束ねなくては。

義理ひとついまだ果せず年つまる

↓まだ義理が果せない**のに、**もう年が押し詰まってしまった。

数《かぞ》へ日《び》やごちそう満つる冷蔵庫

↓数え日（正月まであと何日と迫った）**なので、**冷蔵庫がいっぱい。

どの句も本意に忠実といえば忠実なのですが、言わずもがな、ということがわかりますね。これが即き過ぎということです。

では、どう変えるといいかを、次の項目で見てみましょう。

即き過ぎのときは季語を変えてみる

もし即き過ぎだと思ったら、季語を変えてみましょう。季語の説明に終始していた句に、思わぬ広がりが生まれます。

ツーピーと何の鳥やら囀《さえず》りは
←
ツーピーと何の鳥やら目借時《めかりどき》

「目借時」は、春先のうつらうつらしがちな眠い感じを表す季語。「目が借りてゆかれてしまったように眠気に誘われる」というわけです。春の空に鳴き交わす鳥の声を聞いているうちに、眠くなってきてしまいました。元気な鳥たちと、ボンヤリ気だるくそれを聞いている作者との対比がおもしろい一句になりました。

十二月借りたる本を読み急ぐ
←
山眠る借りたる本を読み急ぐ

家の中から外に視点を移してみます。「山眠る」は草木が枯れ、動物の気配もない冬の山を指す季語です。借りた本に読みふけって、ふと外に目をやると、そこにはさびしい冬山の景色が広がっている。どんな場所で誰が読んでいるのだろうと、想像が広がる句になりました。

短日や伐りたる枝を束ねねば

↓

ちゃんちゃんこ刈りたる枝を束ねねば

時候の季語（p.136）「短日」を、衣食住にまつわる季語に変えてみます。寒さが厳しくなり、ちゃんちゃんこも着込んだが、それにしても早く庭の片づけをしなくてはと、つぶやく人の姿が見えてきます。いかにも年の瀬らしい人間の動きが加わりました。

作ってすぐに即き過ぎだとわかる句もありますが、人に指摘されて初めて気づくこともあるでしょう。初心者は、まず五・七・五に句を整えてから、即き過ぎになっていないか見直してみましょう。

即き過ぎを避ける手としては、異質のものを取り合わせてみる（囀り↓目借時）、視点を変えてみる（十二月↓山眠る）、季語の種類を変えてみる（短日↓ち

やんちやんこ）など、やり方はいろいろあります。歳時記をめくりながら推敲しましょう。

即き過ぎの句がなかなかの名句になったりして、思わずニンマリです。

季語と句の印象が合わない「離れ過ぎ」

即き過ぎの句の一方で、「離れ過ぎ」の句もあります。これは、季語の世界観と詠んでいる内容があまりにもそぐわないこと、かけ離れていることです。

これも季語の本意をわかっていないことで、起きてしまう失敗ですね。

わかりやすい離れ過ぎの句の例を見てみましょう。

父逝《ゆ》きて母も逝きたり山笑う

「山笑う」は春の季語です。両親の葬式を終えて、気づけばもうすっかり春の山になっていた、と詠みたいのでしょう。しかし、「山笑う」の本意は春の明るさや生命が芽吹く喜びなど、前向きなものです。鑑賞によっては、シュールでおもしろいと読む人がいるかもしれませんが、「父逝きて母も逝きたり」を明るく楽しく受けとめているはずはありませんから、一般的には心が伝わりにくいですね。離れ過ぎだと思ったら、ちょうどいい塩梅の季語を探しましょう。

父逝きて母も逝きたり木《こ》の芽山

春の山を表す季語には、「木の芽山」もあります。この季語は「山笑う」のようなポジティブな明るさを含まず、淡々と春に芽吹く木々を総称しています。こうすると「ああ、父も母も死んでしまった。しかし山には再び春が巡ってきて木々が芽吹き、命が甦るのだなあ」というふうに読めます。自然の営みの中に自分の感動を託した句になりました。

春寒《はるさむ》の卒業結婚門出かな

大学卒業と同時に結婚するという娘さんに贈る句です。三月は確かに「春寒」の時期だけれど、この季語には「心の中まで寒々する」という本意があります。

これでは、あまりおめでたくないイメージがついてしまいます。門出を祝う心があふれる句を贈ってあげたいですね。

パンジーの花のあふれる門出かな

いかにも花を持たせるという句になりました。パンジーの花は明るくかわいらしい。幸多かれという作者の気持ちが素直に伝わってきます。

まずは季語の本意を知り、即き過ぎ/離れ過ぎにならないように気をつけましょう。

ただし、これらを恐れるあまり、句をやたらとこねくり回すのは禁物です。最初の感動がどこかに消えて、作り物めいた句になってしまうのは最も避けたいこと。少々つたない感じがあっても、パッと思いついてするりとできた句のほうがよいことも多いのです。考え過ぎた、ひねり過ぎたと感じたら、思いきっていったん元の形に戻しましょう。

あなたにしか作れないあなたの句を、どうぞ大事にしてください。

季語使いの練習をしよう 実践編

膨大な数の季語は性格別に分類される

季語は、十七音では語りきれない思いを代弁してくれる言葉です。歳時記にはたくさんの季語が載っていますが、それらは性格別に分類されています（歳時記によって、多少違う分類もあります）。

たとえば、春の季語を見て、おでかけ俳句に使いやすいものの一部を分類してみます。意味のわからないものは、歳時記を調べてみましょう。

●時候の季語　暑さ、寒さなど気候に関する言葉

立春、春浅し、春寒、暖か、春の夕、花冷《はなびえ》、夏近しなど

●天文の季語　雨、風、雲など天文に関する言葉

春光、春の空、東風《こち》、春一番、風光る、朧月《おぼろづき》、養花天《ようかてん》など

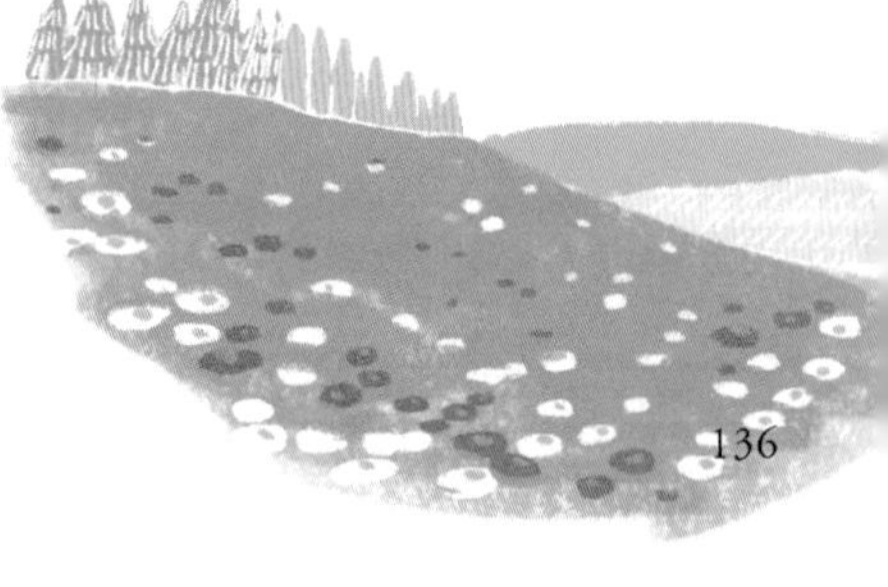

●地理の季語　山、川、海など地理に関する言葉
雪崩《なだれ》、残る雪、山笑う、春泥《しゅんでい》、春の土、春潮《しゅんちょう》、水温《みずぬる》むなど

●人事の季語　衣食住や暮らしにまつわる言葉
卒業、新社員、春服《しゅんぷく》、春眠《しゅんみん》、蕗味噌《ふきみそ》、草餅、花見など

●行事の季語　祭や儀式にまつわる言葉
初午《はつうま》、針供養《はりくよう》、桃の節句、お水取《みずと》り、彼岸会《ひがんえ》、復活祭など

●動物の季語　その時期によく見かける生き物に関する言葉
猫の恋、蛇穴《へびあな》を出る、蛙、蝶、花鳥《はなとり》、鶯《うぐいす》、若鮎、桜貝など

●植物の季語　その時期に花や実が目立つ植物に関する言葉
梅、木《こ》の芽、椿、チューリップ、水草生《みくさお》う、春菊、海苔《のり》など

季語がいくつあるのか、正確な数を答えられる人はおそらくいないでしょう。忘れ去られてしまう季語がある一方で、新しく生まれるものもあり、人によって季語と認めるかどうかの判断が違うこともあります。代表的なもの（主題季語）だけでも千は超え、その言い換えや関連の季語を入れると、その数倍はあります。

とはいえ、一つの季節で中心になる主な季語は、おそらく百~二百くらい。そしてそれは、無理に覚えなくてもすでに知っている言葉が多いのです。**日々の暮らしの中で実感のある季語なら、知らず知らずに本意もわかっているもの。それらをどんどん使うと、自分らしい俳句につながります。**

ここからは、おでかけ俳句を上達させるための、季語使いのレッスンです。

練習1 時候の季語を使ってみる

「時候」の季語は初心者でも使いやすい

季語使いの練習でまずおすすめしたいのは、前出の季語の分類の中から、「時候」の季語を使ってみることです。時候とは、四季折々の気候や陽気のこと。時候の季語は、暑さ・寒さ・暖かさ・涼しさ、といったことを表します。

この時候の季語は、俳句の初心者にとても使いやすく、おでかけ俳句にも大活躍します。

歳時記をめくると、たとえば夏の時候のページには、「夏」「五月」「梅雨」「梅雨明」「立夏」「炎暑《えんしょ》」「夏めく」「夏の夜」「涼し」「暑し」「短夜《みじかよ》」「夏深し」「秋近し」などの季語が並びます。こうした言葉は意味がよくわかりますね。そしてまた、時候の季語はイメージに広がりがあるので、見たことや聞こえたもの、さまざまなものと組み合わせやすいのです。

俳句はもちろん自由に詠めばいいのですが、身近でわかりやすい季語は、句作りのよい練習になります。まずは時候の季語を使いながら次々に試してみて、季語の知識を深めていきましょう。

時候の季語に七・五を組み合わせてみる

最初の五文字に「晩春や」「夏めくや」「秋深し」「冬ぬくし」などと時候の季語をおき、続く七・五で見えた景色や感じたことを詠み込む型で作ってみます。

ゆく秋や掘出し物の徳利《とくり》買ひ　　奥出あけみ

「ゆく秋」という時候の季語に、出先で「掘り出し物を買った」というできごとを取り合わせました。「ゆく秋」は秋を惜しむ、ややさびしげな雰囲気が本意ですが、掘り出し物を見つけたという、ちょっとうれしいことを持ってきたミスマッチがよかった。〝ややさびしげ〟と〝ささやかにうれしい〟がちょうどよいバランスで、奥深さが感じられる句になりました。

初冬《はつふゆ》のまだまだ採れる吾が畑

岩澤惇子

「初冬」は「しょとう」とも「はつふゆ」とも読みます。歳時記*には「冬の初めで、立冬を過ぎた新暦の十一月にあたる。まだ晩秋の感じも残る」とあり、寒さは本格的ではないころです。だからこそ、この句のように「まだまだ」作物が採れるのでしょう。

季語に何を取り合わせるかで「その人らしさ」が出ます。それは時候の季語に限らず、天文や人事、植物など別の種類の季語を使うときも同じです。あなたが感じたこと、思ったことと季語がうまくマッチする（あるいはおもしろいミスマッチになる）と、なかなかよい句じゃない？という作品になるわけです。

一つの俳句は一曲の楽譜のようなもの。楽譜を見てどんなふうに演奏するかは、演奏家の解釈ですね。あなたの俳句を楽譜とすると、どう連想を広げるのか

＊『俳句歳時記第四版』角川学芸出版

は、演奏家としての読者です。**くわしく説明しなくてもなにかを思わせる。読む人に想像を広げてもらうのが俳句というもの。そして、その連想の手助けをしてくれるのが季語なのです。**

「季移り」していないかを見直してみる

時候の季語を使うとき、注意点があります。「春の〜」「夏の〜」と、季節そのものがそのあとの言葉についている形を安易に使わないようにしたいのです。もちろん、必然性があって「春の〜」とするのはいいのですが、とりあえず季節が入っている（季語がある）からいいや、という句ではいけません。

冬の夜酔いさましつつ帰りたる

宴会の帰りにほろ酔いで家路についているのでしょうか。「冬の夜」が季語ですが、これが「春の夜」「夏の夜」「秋の夜」でも違和感はありません。つまり、冬にする必然性はないのです。これでは読者の想像も広がらないでしょう。こういう季語の使い方を「**季移《きうつ》りする**」といいます。できるだけ「その季節でなければ」「この季節だからこそ」と思える季語を選びましょう。

自分の句を見直してみて、「春の川」「夏の空」「秋の風」などと、同様に必然性のない春夏秋冬のついた季語が使われていたら要注意！ いかにも安易で、素人っぽさが強調されてしまいます。

その時候の季語や季節の持つイメージは、その句に必須でしょうか？ 前出の「季語の本意」についても、改めて見直してみましょう。

時候の季語は、その季節らしい空気感を持って句の背景になってくれます。素朴な味わいをもたらしてくれることも多いものです。この句の中で季語はどう読まれるだろう、どんな働きをしてくれるだろうと、作戦を練って使いましょう。

もう残る暑さであるに死ぬほどと　石井みや

耳慣れない時候の季語

古代中国からの二十四節気と七十二候

時候の季語はわりあいに平易な言葉が多いのですが、俳句初心者が目にすると「これはなに？」と思いそうなものもあります。代表的なのは「二十四節気《にじゅうしせっき》」、そして「七十二候《しちじゅうにこう》」にあたる季語でしょう（p.146～147参照）。

歳時記の季節区分は、古代中国の天文学を踏襲しています。大きく春夏秋冬に分けた一年を、十五～十六日ごとに区切って設けられたのが二十四節気です。「立春」「夏至」「秋分」「冬至」などはふだんからよく耳にしますが、「晴明《せいめい》」「小満《しょうまん》」「芒種《ぼうしゅ》」「白露《はくろ》」といった聞き慣れないものもあります。

二十四節気をさらに細かく分けたのが七十二候です。中国版では「獺魚《かわうそうお》を祭《まつ》る」（春）、「雀蛤《すずめはまぐり》となる」（秋）など、「？」と思うようなものも少なくありません。古代中国の人たちには季節の変化を実感できる言葉だったのでしょうが、日本人にはピンとこないところがあったため、江戸時代以降、日本風の七十二候も作られました。p.147のものは、日本風バージョンです。

二十四節気や七十二候を順番に見ていくと、季節のこまやかな移り変わりが見事に表現されていることに気づきます。私たちは四季の移ろいの中に生きているのだと実感するのです。句作りに慣れてきたら、ぜひ二十四節気や七十二候の季語にも挑戦してみてください。それぞれの季語の由来を調べてみるのも楽しいものですよ。

魚《うお》は氷《ひ》に裏の田んぼは氷解け　村田一亭

清明《せいめい》や庭いちだんと明るみて　池田 舞

田の神の祠《ほこら》小さき半夏《はんげ》かな　宮川茉莉

紫の雲の流るる白露《はくろ》かな　石郷岡芽里《いしごうおかめり》

二十四節気、七十二候の表は次のページ

二十四節気早見表

（日は年によって多少変わります）

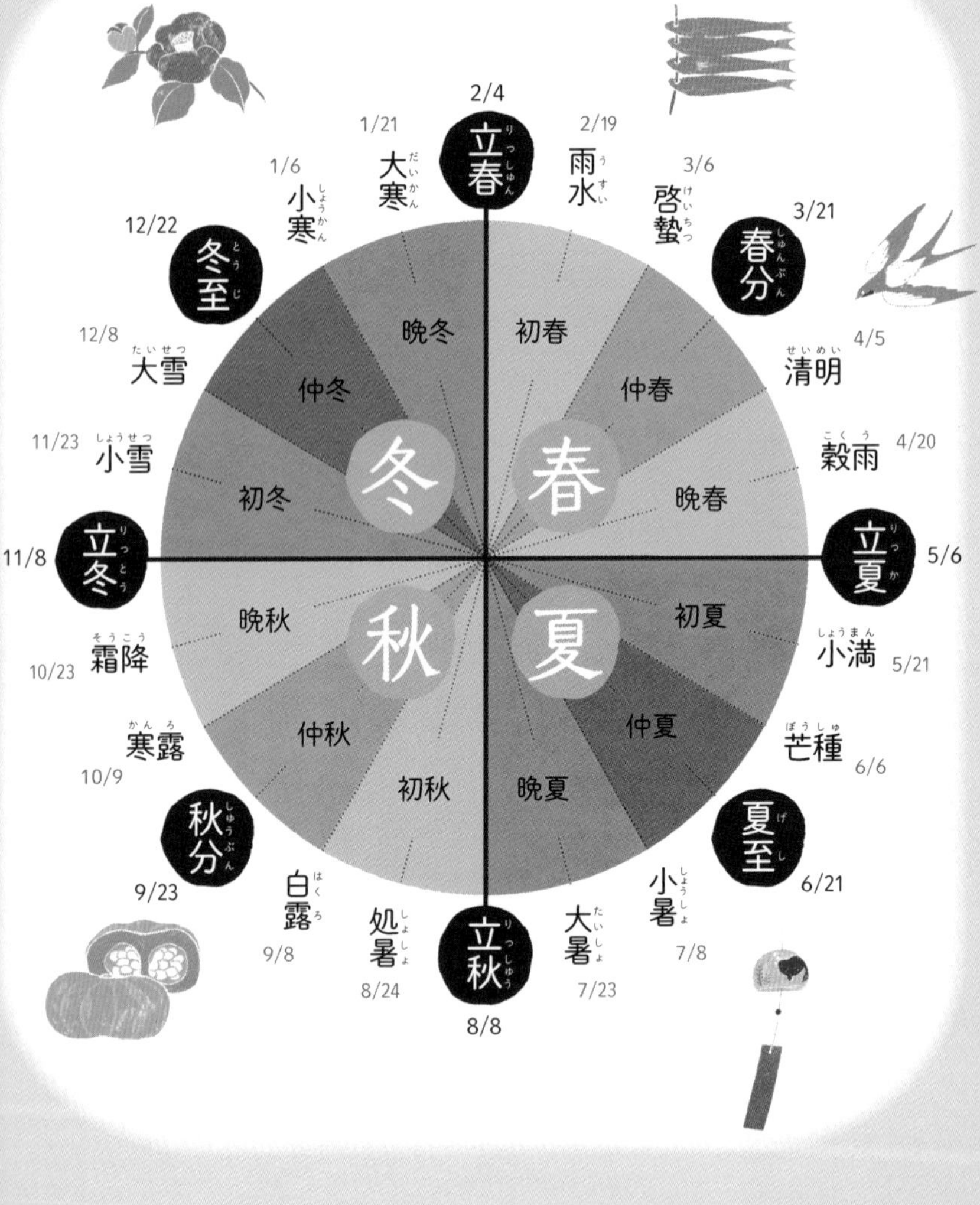

七十二候一覧表

（読み方には諸説あります）

季節	節気	候	七十二候〈日本式〉
春	立春	初候	東風凍を解く（はるかぜこおりをとく）
		次候	鶯鳴く（うぐいすなく）
		末候	魚氷を上る（うおこおりをいずる）
	雨水	初候	土脉潤い起こる（つちのしょううるおいおこる）
		次候	霞始めてたなびく（かすみはじめてたなびく）
		末候	草木萌え動る（そうもくめばえいずる）
	啓蟄	初候	すごもりの虫戸を開く（すごもりむしとをひらく）
		次候	桃始めてさく（ももはじめてさく）
		末候	菜虫蝶となる（なむしちょうとなる）
	春分	初候	雀始めて巣くう（すずめはじめてすくう）
		次候	桜始めて開く（さくらはじめてひらく）
		末候	雷乃ち声を発す（かみなりすなわちこえをはっす）
	清明	初候	玄鳥至る（つばめいたる）
		次候	鴻雁かえる（こうがんかえる）
		末候	虹始めてあらわる（にじはじめてあらわる）
	穀雨	初候	葭始めて生ず（あしはじめてしょうず）
		次候	霜止で苗出づる（しもやんでなえいづる）
		末候	牡丹華さく（ぼたんはなさく）
夏	立夏	初候	蛙始めて鳴く（かわずはじめてなく）
		次候	蚯蚓出づる（みみずいづる）
		末候	竹笋生ず（たけのこしょうず）
	小満	初候	蚕起きて桑を食む（かいこおきてくわをはむ）
		次候	紅花栄う（べにばなさかう）
		末候	麦秋至る（むぎのときいたる）
	芒種	初候	蟷螂生ず（かまきりしょうず）
		次候	腐れたる草蛍と為る（くされたるくさほたるとなる）
		末候	梅のみ黄ばむ（うめのみきばむ）
	夏至	初候	乃東枯る（なつかれくさかるる）
		次候	菖蒲華さく（あやめはなさく）
		末候	半夏生ず（はんげしょうず）
	小暑	初候	温風至る（あつかぜいたる）
		次候	蓮始めて開く（はすはじめてひらく）
		末候	鷹乃ちわざをならう（たかすなわちわざをならう）
	大暑	初候	桐始めて花を結ぶ（きりはじめてはなをむすぶ）
		次候	土潤いてむし暑し（つちうるおいてむしあつし）
		末候	大雨時々に降る（だいうときどきにふる）

季節	節気	候	七十二候〈日本式〉
秋	立秋	初候	涼風至る（すずかぜいたる）
		次候	寒蝉鳴く（ひぐらしなく）
		末候	深き霧まとう（ふかききりまとう）
	処暑	初候	綿のはなしべ開く（わたのはなしべひらく）
		次候	天地始めてさむし（てんちはじめてさむし）
		末候	禾乃ちみのる（こくものすなわちみのる）
	白露	初候	草露白し（くさつゆしろし）
		次候	鶺鴒鳴く（せきれいなく）
		末候	玄鳥去る（つばめさる）
	秋分	初候	雷乃ち声を収む（かみなりすなわちこえをおさむ）
		次候	虫かくれて戸をふさぐ（むしかくれてとをふさぐ）
		末候	水始めて涸る（みずはじめてかるる）
	寒露	初候	鴻雁来る（こうがんきたる）
		次候	菊花開く（きくのはなひらく）
		末候	蟋蟀戸にあり（きりぎりすとにあり）
	霜降	初候	霜始めて降る（しもはじめてふる）
		次候	小雨ときどきふる（こさめときどきふる）
		末候	楓蔦黄ばむ（もみじつたきばむ）
冬	立冬	初候	山茶始めて開く（つばきはじめてひらく）
		次候	地始めて凍る（ちはじめてこおる）
		末候	金盞香（きんせんかさく）
	小雪	初候	虹かくれて見えず（にじかくれてみえず）
		次候	朔風葉を払う（きたかぜこのはをはらう）
		末候	橘始めて黄ばむ（たちばなはじめてきばむ）
	大雪	初候	閉塞冬となる（そらさむくふゆとなる）
		次候	熊穴にこもる（くまあなにこもる）
		末候	さけの魚群がる（さけのうおむらがる）
	冬至	初候	乃東生ず（なつかれくさしょうず）
		次候	さわしかの角おつる（さわしかのつのおつる）
		末候	雪下りて麦のびる（ゆきわたりてむぎのびる）
	小寒	初候	芹乃ち栄う（せりすなわちさかう）
		次候	泉水温をふくむ（しみずあたたかをふくむ）
		末候	雉始めてなく（きじはじめてなく）
	大寒	初候	蕗の華さく（ふきのはなさく）
		次候	水沢氷つめる（さわみずこおりつめる）
		末候	鶏始めてとやにつく（にわとりはじめてとやにつく）

練習2

思いを伝える季語を選ぶ

季語を絞って句をスッキリと

俳句初心者は、一つの句に季語を一つだけ入れる「一句一季語」を心がけましょう。季語を絞ると、一句が締まってスッキリします。**詠みたいことはたくさんあるけれど、いちばん感動したのはどこか、伝えたいことは何かをじっくり考え、季語もそれに合わせて選びます。**

季語は、それだけで多くの人が共通のイメージを思い浮かべることができる強い言葉です。十七音しかない俳句の中に強いイメージ喚起力を持つ言葉をいくつも入れると、読者はその句から何を思い浮かべればいいのか、混乱してしまいます。見どころが一句の中にいくつもあるので印象が散漫になり、いちばんの感動が伝わりにくくなります。

たとえばこんな句はどうでしょう。

なすび取る畑は夏の暑さかな

この句には「なすび」「夏」「暑さ」と、季語が三つも入っています。どれがいちばんクローズアップしたいことなのか、ぴんときませんね。

わけ入りし畑むんむん暑きこと

こうすれば、句の焦点は「畑の暑さ」に絞られて、作業をする農家の人の大変さも伝わってきます。あるいは

なすび取る畑に入ればむんむんと

とすれば、「生い茂ったなす畑」の蒸し暑さが伝わります。

「季重ねでも名句」には理由がある

一句の中に季語が二つ以上入っている句もあり、これを「**季重ね**《きがさね》（**季重なり**）」といいます。これはぜったいにダメというわけではなく、ある程度俳句に慣れてきたら挑戦してもいい手法です。

季重ねでもよい句、季重ねだからこそよい句もたくさんあります。たとえば、よく知られているものとしては、芭蕉の名句があります。

しばらくは花の上なる月夜かな　松尾芭蕉

俳句で「花」と言えば春の桜を指し（p.166参照）、「月」は秋の季語なので、春と秋の季語が入った句です。しかし「月」は一年中見えるもので、秋以外にも詠みたい場合がある。だからこの句のメインは春にしか咲かない「花（桜）」です。「花」がメイン、「月」はサブの形で、春の句として焦点が定まっているので、咲き満ちた桜の上に春の月が出ているよ、という美しい句になっているのです。

こんな季重ねもあります。

絨毯《じゅうたん》を踏みつつ鰻《うなぎ》屋の奥へ　北山日路地

「絨毯」は冬、鰻は「土用鰻」「鰻の日（土用丑の日）」が夏の季語としてあります。この句では絨毯を句の最初に据えて、じっくり足で踏みしめたことをクローズアップしました。きっと老舗の店なのでしょう、室礼《しつらい》のよさもうかがえます。鰻屋は一年中あるので、「鰻」よりも、冬の暖かな「絨毯」が強調されて、冬の句として成り立っています。

これらのように一句に二つ以上の季語を入れる場合は、どちらがメインの季語なのか焦点をはっきりさせることが大切です。強い季語同士でイメージがあふれると、「盆と正月がいっぺんに来たような句」になってしまいます。

おでかけ俳句を作るとき、外の風景で目に入ったあれやこれや、季節の実感など、感動をいろいろ詰め込みたくなることがあるかもしれません。でも、基本は自分が何にいちばん心を動かされたかを見つめること。

初心者はまず、一句一季語で思いを伝える練習をしましょう。その基本をマスターしてから、季重ねにも挑戦してみてください。

練習3 感情を季語に代弁させる

うれしい・悲しい…感情言葉は省略する

俳句を始めたばかりの人が、こんな句を作ってきました。

白《しろ》桔《き》梗《きょう》かなしく若き母逝きて

句意の説明にはこうありました。

「小学生のときに亡くなった母が植えた白桔梗が、今も咲き続けています。桔梗を見るといつも母を思い出して切ない気持ちになります」

気持ちはよくわかります。でも「若き母逝く」と言えばそれだけで、悲しい気持ちは伝わりますね。これは感情の説明のし過ぎ、即き過ぎ（p.126）です。

俳句では十七音しか言えないので、できるだけ言葉を省くことが大切です。説明しないと自分が感じたことがわかってもらえないのではと思うかもしれませんが、季語はそこも補ってくれるのです。

俳句は根本的に、心のこと、精神のこと、いのちの賛歌を詠むものです。だからといって感情や人生をストレートに語るのではなく、季語やものに託して詠み、読み手の想像に任せるのが俳句のやり方です。伝えるための言葉だけを残す。季語を生かして、自分の言いたいことはほんのちょっぴり言うだけ。その省略の思いきり方をぜひつかんでほしいのです。

それを踏まえて、白桔梗の句を推敲してみましょう。

白桔梗咲くや若くて逝きし母

「悲しい」と言わなくても、作者の悲しさ、切なさ、さびしさは十分に伝わってきますね。

おでかけ俳句では、ワクワクした風景を詠むことも多いでしょう。かと言って、ただそれをストレートに表現するだけでは、こんなおもしろみのないものになってしまいます

春の雲ＳＬが行くたのしそう

↓

春の雲ＳＬが行く蒸気吐き

「たのしそう」と言わず、どのようにＳＬが行くのかを具体的に描写します。春ののどかな空の下を力強く走るＳＬにどんな思いを抱くかは、読者に任せましょう。

旅を楽しみに思う気持ちも、表現の仕方にひと工夫してみましょう。

旅ひとつ決まりて心春めける

←

春めくや旅の日取りの決まりたる

「春めく」という季語には、ウキウキした気持ち（心）が含まれていますから、「心」まで言うとしつこくなります。「日取り」「行く先」などと具体的にするとずっとよくなります。

「心」を詠むときには写生を心がける

それでもやっぱり感情や心象風景を詠みたい。そんなときは、自分の感情を少し遠くから眺めてみる。心の中を客観的に観察し、言葉に移し替えるようにしましょう。あからさまに「私は悲しい」と言わずに、心の内を冷静に描写します。

高浜虚子は、具体的な事物を詠む写生を「客観写生」、心の内をじっと眺めて詠むことを「主観写生」と言いました。物をじっと見てスケッチするのと同様に、心の内までスケッチしようというわけです。

夏の季語、「金魚」を例にとってみましょう。

もらひ来る茶碗の中の金魚かな　内藤鳴雪《めいせつ》

灯《ひとも》してさざめくごとき金魚かな　飯田蛇笏

水槽の角を見てゐる金魚かな　草野ぐり

これらは、金魚そのものを詠んだ客観写生の句です。

これに対して、金魚に触発された自分の感情を詠んだ主観写生の句の場合、このようになります。

忘られし金魚の命淋しさよ　高浜虚子

残りたる金魚一匹さみしいか　大久保りん

自分の心を詠む句、大いに結構。ただ、そのときに感情をあからさまに漏らすだけでは、単なる自己満足になりかねません。

外の風景、外で会った人、四季の移り変わり、それらを見た自分の気持ち、心の動き……。主観写生の場合、心の内を冷静に見つめて言葉を探し、俳句にしてゆくことが大切です。

練習4 季語の知識を増やす

まずは歳時記でチェックする

日本は四季の移り変わりが鮮やかで、春夏秋冬それぞれをイメージできる季語がたくさんあります。ですが、たくさんの季語の中にはなじみのないものもあります。おでかけ俳句で活躍する植物や動物に関する季語には、実際に見たことがない、知らないものも多いことでしょう。

草木でいえば、俳句ではすべてのものに名前があり、「雑草」という言い方はしません。**一句の中に具体的な草木の名前を詠むだけで、そこが海辺なのか山里なのか、花の色や大きさ、匂いまでも伝えることができるし、その植物にまつわる古くからのイメージを想起させ、いわれを連想させます。先人の名句とのかかわりなども加わって、句の奥行きをぐっと深めることもできます。**

動植物に限らず、わからない季語はまず歳時記で調べましょう。

歳時記で動物や植物の項をパラパラめくっていたら、見慣れない季語を発見！
それらを読むのもまたおもしろいものです。たとえばこんな季語も。

鉦叩《かねたたき》（秋） バッタ目の昆虫。チンチンチンと鉦を叩くような澄んだ声で鳴くが、姿はなかなか見られない。

河骨《こうほね》（夏） スイレン科の水草。蓮に似た小型の葉の間からつんと骨のような柄が立ち、先端に黄色い花をつける。

そんな虫がいるのか、花があるのかと、物知りになった気がします。知ったばかりの季語を使って一句詠んでみようというチャレンジも楽しいもの。会心の句ができたら、ウンチクを傾けながら披露したくなりそうです。

ときには、よく知っていると思っていた花や植物などについても、その解説に新しい発見があるかもしれません。

白梅の花のかさなりたる一重《ひとえ》　佐藤明彦

白梅の花は一本の枝に重なり合っていますが、よく見るとどれも一重の花だったことに気づいた句。「梅」（春）の季語には、「そのよい匂いで昔を思い出す」という和歌の伝統からの本意があります。この句の作者は一重の梅を眺めながら、若かりしころや遠い昔の歴史に思いを馳せているのかもしれません。

正しい名前にこだわらなくても

散歩をしていたら、見かけない野草がありました。そのかわいらしさ、健気さに心を打たれて句にしたいけれど、名前がわからない。さて、こんなときはどうしましょう？

インターネットで検索する、図鑑で調べる、野草にくわしい人に聞くなどはすぐにできる調べ方です。しかし、調べてもわからない。あるいは調べてわかった名前が、自分が感じたイメージとそぐわない。そんなこともあるでしょう。

心にとめておいてほしいのは、俳句は植物学や生物学ではないということです。俳句は創作です。実際に見たものと、植物学的な名前が違っていてもいいのです。自分にとってイメージが合うのなら、名前のわからない野草を、たとえば「薄《すすき》」と詠んでみてもいいのです。

山は暮れて野は黄昏《たそがれ》の薄《すすき》かな　与謝蕪村

「薄」(秋) は細長い葉をなびかせて野に群生しています。蕪村が見たのはもしかしたら、薄ではない違う植物だったのかもしれません。でも、その植物が持つ特性を理解しているから、共感を呼ぶ句になるのです。

あるいは、結局わからないままに詠んだっていい。わからないことが句になる場合もあります。

つかまえし小さきばつたや貌《かお》長き　はらてふ古

野原で小さいバッタを捕まえました。もしかしたらキリギリスだったかもしれない。体のわりに妙に顔が長かった。顔を「貌」と表現したのがおもしろく、人間のおじさんを詠んだような、ほのかに楽しい句です。

金縷梅《まんさく》と言へばふうんと言うて過ぐ　小林タロー

「金縷梅」（春）は、ほのかに黄色い地味であまり知られていない木の花です。作者がせっかくそれを教えてあげたのに、相手は興味なさそうに「ふうん」と通り過ぎたのです。ありのままの情景を詠んでおもしろい句になりました。

観察しているうちに句ができることも

生き物や植物の季語を使うときは、対象を知りたいと思う気持ちが大切です。姿形や、生き物なら動きや鳴き声を、じっとよく見て写生することです。

気になる植物が近所にあったら、毎日見に行って、どんな芽か、どんな花や葉か、どんな実かなどを定点観測しているうちに、句が生まれることもあります。

鳥の鳴き声などは、「ホーホケキョ（鶯《うぐいす》）」、「ツキヒホシ、ホイホイホイ（三光鳥《さんこうちょう》）」、「テッペンカケタカ（時鳥《ほととぎす》）」、「ツーピー（日雀《ひがら》など雀《すずめ》のなかま）」と、聞こえたままにメモしておくのもいい方法です。あとで調べる際に参考になりますし、そのまま俳句に使えばおもしろいものができそうです。擬音語、擬態語は通りいっぺんのものではないほうが、自分らしい句になります。

うぐひすのケキョに力をつかふなり　辻 桃子

鶯《うぐいす》が「ホーホケキョ」と鳴くのはおなじみですが、鳴き声をよく聞いてみると、思わぬ発見がありました。「ケキョ」のところがよく響き、鶯はそこに力を入れて鳴いているのです。

みんみんやじーじゆくじゆくと鳴き了《お》へて　岡ともこ

みんみん蟬が「みーんみーん」と鳴いていたと思えば、終わりは「じーじゆくじゆく」と鳴いたというのです。よく聞いていますね。

ぽきと折りわんと粉噴く土筆《つくし》かな　濱田ゆふ

土筆を摘むのに、節のところでぽきっと折ると、穂から緑色の粉がわっと吹き飛んだのです。自分らしい捉え方でよく描写しています。

旧暦と新暦の差が影響している

明治時代に暦は新暦になりましたが、歳時記の季節分けは旧暦に従っています。そのため、実際の季節とズレがある季語もあります。

たとえば、八月八日前後が「立秋」なので、俳句ではそれ以降は秋の項目になります（p.146参照）。そのため、八月半ばの「お盆」は秋の季語なのです。八月が旬になる「西瓜《すいか》」や「朝顔」などが秋の季語なのもそのせいです。現代ではどれも夏のイメージですよね。

ほかにも、現代の季節の感覚からは疑問や矛盾を感じる季語があるかもしれません。ただ、俳句に慣れないうちは、約束ごとに忠実に句を作ることをおすすめします。まずは、それぞれの季語の季節を知りましょう。

季語の約束ごとを押さえる

季語には、いくつかの約束ごとがあります。おでかけ俳句でよく出てくる季語についても、こんなルールを覚えておきましょう。

●「花」と言ったら桜を指す

「花」が春の季語だというのはなんとなく想像できますが、俳句で「花」と言えば「桜」を指すのが一般的です。ほかの花のことを詠みたいときは「梅」「パンジー」「水仙」など、具体的な名前を詠むか、「秋の花」「冬の花」のように、桜ではない花とわかるようにする必要があります。

花開くとなりの花を押しながら　中村阿昼

この花は、タンポポでもチューリップでもありません。桜が次々と開花していく様子を詠んだ句です。

咲き満ちてこぼるる花もなかりけり　高浜虚子

こちらも、もちろん桜の花です。

●「月」は秋の季語

月は一年中、目にするものですが、俳句で「月」と言えば秋の季語。「秋の月のさやけさをめでて、月といえば秋の月をいう」＊とされています。一年中あるものでも、俳句では最もふさわしい季節、いわば旬のときがその季語の季節だと考えます。「ハンカチ」は夏、「障子《しょうじ》」は冬なども、この考えによるものです。ちなみに、「月」をほかの季節で使いたいときには、「春月《しゅんげつ》」、「夏の月」「月涼し」（夏）、「月冴ゆる」「寒月《かんげつ》」（ともに冬）と、秋ではないことがわかるように使います。

以下はすべて、秋の句です。

ひさびさに月の兎を見てをりぬ　安部元気
青海に浮かぶがごとき今日の月　野風さやか
円空の御手《みて》なだらかに月の寺　深沢豆風

＊『増補版 いちばんわかりやすい俳句歳時記』主婦の友社

●「初〜」の多くは新年の季語

新しい年に初めて見るもの・聞くもの・やることなど、「初〜」のつく多くの季語は新年の季語です。俳句で新年の季語は、一月一〜十五日ごろ(元日から小正月)の期間を詠む句で使います。

「初雀《はつすずめ》」「初鴉《はつがらす》」は新年最初に目にした雀や鴉。「初風《はつかぜ》」は元日に吹く風。「初電車」は新年最初に乗る電車。「初天神」で天神様に初詣。「売初《うりぞめ》」「買初《かいぞめ》」は新年のショッピング。「初夢」は初めて見る夢です。

ただし、新年ではないものもあります。たとえば「初夏」「初鰹《はつがつお》」は夏、「初嵐《はつあらし》」は秋、「初雪」は冬ですね。

以下はすべて、新年の句です。

大吉に笑ひとまらず初みくじ　中小雪
海底に海鼠《なまこ》の見ゆる初レース　石井鐐二
読初《よみぞめ》の嗚呼《ああ》に終はりし伝記かな　番匠うかご
旅したるドイツ以来よ初電話　如月真菜

5章

少し遠出もしてみよう

日常吟行が身についたら、
ときには少し遠出してみるのもいいですね。
旅先、観光地、大自然の中など、非日常の環境で
新鮮な俳句を作るために気をつける点を知りましょう。

「旅吟行」は家を出る瞬間から

日常を離れることで新鮮な句が生まれる

家の庭でも近所の公園でも、外に出て一句作ればそれは立派なおでかけ俳句。ここまでの内容で、屋外での俳句作りについてイメージが湧いたでしょうか。近場での吟行については2章でくわしく述べましたが、この章では小旅行や名勝地など、ぐんと遠くに出かけて俳句を作ることについてお話ししましょう。

旅に出ると、ふだんは気づかないことが見えたり、思いもよらない感情が込みあげてきたりします。それは、旅が暮らしの雑念を断ち切ってくれるからです。日常生活から離れて知らない土地に行くと、体中が新鮮になって、五感がいきいきと働きだします。その「いつもとは違う自分」を大切にして、句に詠んでゆきたいと思うのです。

吟行前に、その土地の特徴を知っておくと、句を作るヒントが得られやすくなります。歴史や文化的背景、名所旧跡などを調べておきましょう。そのうえで、身につけた知識にとらわれず、自分の見たまま感じたままを素直に句にします。2章でお伝えしたこうした吟行の心がまえは、旅先の句作りでも同じです。

出発前に、その季節の季語（当季《とうき》）を句帖に書き抜いておくのもいいですね。旅先で俳句を作る自信がない人は、書き出した季語を使い、その地をイメージして事前にいくつか俳句を作ってみても。その場で即興で作るほうがいい句になりますが、俳句を始めて間もないなら、こういうウォーミングアップも悪くありません。そうすると少し安心です。心が落ち着くでしょう。

目的地に着くまでの間も句を詠むチャンス

準備が整ったら出発です。でも、目的地でじっくり詠もうなんて考えていませんか？「旅吟行」はもう始まっています。**ワクワクする心も、道中のあれこれも、すべてが句材です。「日常からの逸脱」は、準備のときから始まっているのです。**

白靴《しろぐつ》や老いても細きジーパンで　佐藤泰彦

「白靴」は夏の季語です。颯爽とした夏らしい旅のいでたちで、高原にでも出かけるのでしょうか。「老いても細きジーパン」という具体的な描写からは、老け込んでなどいられないという作者の気概が感じられます。

マフラーの巻き方少し変へて出る　佐藤ゆふべ

いつもは無造作に巻きつけているマフラーを、ちょっぴり凝った結び方にしてみました。「少し変へて」というところに、ちょっとそこまでではなく特別な場所に行くのだという思いが伝わってきます。もしかしたら、今いるところよりもずっと寒い土地に出かけるのかもしれませんね。

新盆《にいぼん》や食堂車より日本海　坂谷小萩

目的地はまだ先。電車の窓からは、日本海の広々とした景色が見えています。家族や親戚の新盆で故郷に帰るところなのでしょうか。さびしい気持ちが、雄大な海に少し癒されるようです。

富士壺《ふじつぼ》のごとき富士山初飛行《はつひこう》　岩崎金魚

「初飛行」は、その年に初めて飛行機に乗って出かけることです。どこへ行くのでしょうか。眼下には富士山が、小さな富士壺のように見えているのです。

旅先に着くまでに、もう随分たくさんの句ができました。この調子で、どんどん詠んでいきましょう！

観光地や景勝地などを詠むコツ

遠出しての吟行も日常の作句の延長

目的地に到着です。日常から離れ、感性を大いに働かせて、実り多い吟行にしたいもの。見たこと、感じたことをどんどんメモして俳句にしていきましょう。

近所の散歩やふだんの外出では、「これで俳句を作ろう」と目当てにする場所や物があることはあまりないでしょう。偶然見たもの、たまたま出会った人を詠んだり、見慣れたものを新しい目で見て句にしたり、ということが、日常のおでかけ俳句です。

それに対し、遠出先や旅先では、観光地や歴史的建造物、絶景など、目標とする場所や風景がはっきりしていることが多いと思います。でも、「○○を見てカッコイイ句を作ろう！」などと力む必要はありません。日常のおでかけ俳句の延長で、自分らしく素直に句を作ることが大切です。

ここでは、遠出しての吟行で失敗しがちなことと、それを避けるポイントを挙げてみました。

ポスターのフレーズ？「観光俳句」に気をつけて！

観光キャンペーンの一環として、土地の名所旧跡を詠み込んだ俳句が募集されることがあります。観光地では、その土地にちなんだ俳句の碑を目にすることも珍しくありません。こうした「観光俳句」が悪いわけではありませんが、ともすれば名所絵はがきのような句になってしまいがち。

たとえばこんな句をどう思いますか？

美しき山と海あり冬日和
この土地の梨を売るなり道の駅

戦国の戦さの跡や落椿《おちつばき》
信長の面影ありて古都の冬

これでは、旅行会社のポスターです。自分らしい思いがどこにも感じられません。「絵のように美しい風景」や「戦《いくさ》の跡の無常のたたずまい」といったありふれたフレーズも捨てて、自分の目でしっかりと見て感じましょう。そう、写生（p.78）の姿勢ですね。

言葉を失うほど感動した景色、あるいは思ったほど美しくないと感じた気持ち、雄大な景色の中で見つけた意外に小さなおもしろみ……できるだけ具体的にメモをとり、句にしていきます。

よい句にしたいと張り切るあまり、結果的に陳腐な表現になってしまうのは俳句初心者がよく陥るワナ。冷静に、客観的に自分の句を見直しましょう。どこかで聞いたようなフレーズではありませんか？　自分ではしゃれた言い回しだと思っても、読む人にはありきたりな表現に映っているかもしれません。

夏潮《なつじお》のきらめき光る観光船

「夏潮」とは、夏の照りつける太陽の下を流れる潮です。そもそもがきらめいているのです。それを「きらめき」「光る」とこれでもかというほどに強調し、取り合わせるのは「観光船」。陽光を反射しながら海を行く観光船のポスターが目に浮かぶようです。作者の思いはどこにあるのでしょうか？　きらきら光る夏潮が美しかった、では陳腐な発想と言うほかありません。

同じ「船」でも、こんなふうにしてみるのはどうでしょう？

夏潮や吾は小さき船の上

「夏潮」という季語を、美しい、光っている、などと説明しません。キラキラ光る夏の海で小さな船に乗っているよ、という事実だけの句です。広い海の中にポツンといることで、作者は孤独を感じているのでしょうか。あるいは、ちっぽけな自分の存在がきらめく海に勇気をもらっているのでしょうか。素直に自分の

〝今、このとき〟を詠むことで、さまざまな想像をさせる句になりました。

心引かれた場所でじっくり写生。月並な発想を避ける

平凡でありがちなたとえや、似たような発想の似たような俳句を「**類想句**《るいそうく》」「**月並句**《つきなみく》」といいます。こんな例がわかりやすいでしょうか。

夏蝶や花から花へランデブー
軒下に大根下がりラインダンス
黄水仙ラッパを吹いているごとく

蝶が蜜を求めて花から花に移る様子がランデブー、大根を脚にたとえてラインダンス、ラッパのような黄色い水仙。いずれも月並です。はっきり言ってしまえば、つまらない！ **類想句を避けるには、日ごろから古今の名句をたくさん読み、同じ季語でどんな句が作られているのかを意識することが大切です。**

観光地には、雄大な山、美しい海岸線、咲き乱れる花、由緒ある寺社、珍しい食べ物など、〝売り〟になるものがあります。もちろんそれらを詠むのはいいのですが、「その土地ならではのもので、みんなが興味を持ち、誰もがおもしろがること」は、ほかの人もやはり見ているのです。似たような句ができやすいわけですね。

観光地で周囲をざっと見て歩いたら、自分が心引かれた場所でしばらく立ち止まりましょう。行き交う人、漏れ聞こえる会話、道路を這う虫、見落としそうな路傍の草、その場でじっと観察して感じたことを俳句にします。

そうやって、実感のある自分らしい句ができたと思ったのに、歳時記に似たような例句が載っているとか、一緒に吟行した人と同じような句になってしまったというときは、思いきって捨てる覚悟も必要です。

最近はやりの「道の駅」「語り部」「古民家」「古民家カフェ」などの言葉も、発想が似た月並句になりやすいので、詠むときには注意してください。

雰囲気や旅情が出たと錯覚させる言葉を使わない

むずかしい言葉を詠み込んで、なんとなく立派な俳句ができたような気になる。これも初心者が陥りがちなワナです。

ありきたりの言い回しや陳腐な発想を避けようとしてのことかもしれませんが、俳句に使うのはわかりやすく簡単な言葉のほうがいいのです。簡単にして、いかに深くものを思わせるか。そこが腕の見せどころです。

遠出先で歴史のあるものや自然を詠むとき、風情を出すつもりでこんな言葉を使ってしまうことがあります。

湖の山紫水明《さんしすいめい》夏の風

山紫水明とは、山水の景色が清らかで美しいという意味です。作者は清冽な風景に感銘を受けたのでしょう。でも、ちょっと気取っていて偉そうな感じですね。

もう少しやさしい言い方をしたほうが、感動は読み手に伝わりやすいと思います。

湖の水さよらかに夏の風

このほうがずっといいですね。

木曽路にて歴史も古《ふ》りし里神楽《さとかぐら》
秋うらら石舞台ある古都飛鳥《あすか》

一見、上手な句に見えるでしょうか？ 旅情を感じる？ でも「木曽路」「歴史も古りし」「古都飛鳥」などは、電車の広告や観光ポスターでよく見る言葉です。こういう言葉を使うことで、雰囲気のある句になったと錯覚してはいけません。

俳句は立派そうに、きれいそうに作るものではなく、まず自分のために作るものです。手垢のついた他人の言葉、宣伝のために使い古された言葉では自分の感性が生かされません。出来合いの言葉ではなく、もともとの素直な言葉、素直な気持ちを大切にしてください。

固有名詞はここぞ！というときにだけ使う

俳句は説明しない文芸です。○○に行ったので△△でした、と言わなくても、読み手が想像を働かせてくれればいいのです。

観光地や歴史的な建造物などは、つい固有名詞を入れたくなりますが、句の中でその固有名詞が効果的かどうかはよく考えたいものです。固有名詞は、ここぞ！というときにのみ使いましょう。

蕗《ふき》わらび筍《たけのこ》売つて山の市　安部元気

この句に固有名詞は入っていません。でも「蕗、わらび、筍」と多種の山菜が売られていることから「東北地方？　福島？　秋田？」と、読者は想像をたくましくします。どこと言わなくても、固有の土地名がイメージできますね。「福島の市」「秋田の市」などと言わないことで、むしろ句の奥行きを広げています。

土佐もんは皆声太し夏の市　田村乙女

市場は句材の宝庫です。土地ならではの食べ物や方言の飛び交うやりとりなどが、いきいきとした句を生み出します。声が太いのは「土佐もん」だと、こちらの句は固有名詞を入れたことで、いごっそう（男）、はちきん（女）とも称される、気っ風のいい一本気な売り手の様子がありありと浮かんできます。地名が生きています。

白いアカシア真赤なアカシア大連は　近藤忠夫

中国・大連に行ったことはなくても、街の中には白と赤のアカシアが咲き誇っているのだなとわかります。この句は「大連」がないと、ぼやけた印象になってしまう。咲いている場所を特定することで、読み手に広大な大陸の景色をイメージさせています。

固有名詞は地名に限りません。祭、乗り物、芸術作品、人名などもです。その言葉がないと句がぼやける、生きのよさがそがれるといったときに使いましょう。

ロワイヤルⅡ特別室や霧《きり》の航《こう》

小林さゆり

「霧の航」は秋の季語で、霧の中を航行することです。「ロワイヤルⅡ」という固有名詞を入れたことで、小舟ではなく大きな客船だということがわかります。もし「ロワイヤルⅡ」という固有名詞を使わず、「大船の」としたらどうでしょう。霧に包まれながらゆったりと海上を進む客船で、特別室のある旅の雰囲気は伝わりません。固有名詞がよく効いています。

賀茂祭《かもまつり》あつと駆け抜け走馬《そうめ》の儀《ぎ》

宮地きんこ

「賀茂祭」は「葵祭《あおいまつり》」の別名、初夏の季語。なかなか見ることのできない馬を走らせる儀式を見に行ったのに、あっという間に駆け抜けて行ってしまったのです。

炎天や「考える人」黒々と　松並さつき

有名なロダン作の「考える人」です。燃ゆるような炎昼の中に、黒々と。

野球部の細川君の墓に柿　橋本命綱

忘れられない昔の仲間の「細川君」。なんでもない固有名詞だからこそ。

雪割るや百石町《ひゃっこくちょう》で一斉に　斉藤夕日

雪国の城下町でしょうか。百石町というからには昔ながらのお屋敷が並んでいるのかもしれません。そこに人々が出て、春が近くなっても固まり凍てついている根雪をいっせいに割っている景です。「百石町」という地名が生きています。「百」と「一」の対比も効いていますね。

感動は説明しないで読み手に委ねる

俳句の大きな特徴は、省略があること。言い過ぎない、説明し過ぎない。言いっぱなしにして、解釈や感動は読み手に委ねる文芸です。謎があったほうがおもしろい。「解答」は読み手それぞれが導き出せばいいのです。

説明しない練習として、「美しい」「楽しい」「幸せ」「おいしい」「驚きの」といった、感動を表す修飾語をなるべく使わないように心がけましょう。お出かけした観光地では特に、こうした言葉で気持ちを説明しがちですが、使わないぞ！と自分に言い聞かせます。見たものを「美しい」以外の言葉で言えないか考えます。

夕方の雲美しき夏の湖《うみ》

夏の夕方の湖にかかる雲が美しいというのでは、「それはそうでしょう」という感想しか浮かびません。ここががんばりどころです。

夕方の雲白々と夏の湖
夕雲のまだ白々と夏の湖

情景としては平凡ですが、最初の句よりもずっと広がりがあります。その白い雲を見ている作者の心情に、思いを馳せる読み手もいるでしょう。

水無月《みなづき》のモルダウ川や水ゆたか　赤津遊々

季語の「水無月」は六月のこと。この季節に外国旅行に出かけたのでしょう。自分が感動した「美しい」「雄大だ」といったことは心に秘めて、ただ「水ゆたか」と詠みました。この一語で、美しく雄大な景色を簡潔に伝えています。

瑠璃杯《るりはい》のアラビヤ文字や夏館《なつやかた》　滕舘すみえ

「夏館」と言うのですから、石造りの涼しい邸宅でしょうか。自宅ではなく美術館かもしれません。「瑠璃杯のアラビヤ文字」からは、ここには詠まれていないエキゾチックな外国の市場のざわめきなどが想像されます。物と場所との取り合わせが見事です。

もう一度夏の穂高を見て帰る　播磨敬子

夏期旅行に穂高を見に行ったのでしょうか。登山かもしれません。旅の最後に、もう一度思いを込めて、穂高の山頂を振り返ったのです。何も説明されていないけれど、深い感動があったことが伝わってきます。

ここまでに挙げた注意点などは、旅吟行に限ったことではありません。ふだんの暮らしの中で身のまわりのことを詠む際にも、心がけたいですね!

6章

おでかけ俳句を味わおう

日常の外出先でのさりげない描写、遠出先での意外な視点……すぐれたおでかけ俳句はどういった表現をしているのでしょう。参考になる例句を集めました。

ちょっと
そこまで

近場で一句

家のまわり、公園、職場のそばなど、
日常の「おでかけ」の句。
毎日のなにげない風景も
こんなに新鮮に詠めるのです。

話しつつ行き過ぎ戻る梅の門

高浜虚子

「ちょっとそこまで」と連れ立って出かけたのでしょう。話に夢中になり、行き過ぎてからふと、いましがた見た梅の咲く門がよかったと思い、また戻ったのです。梅の咲く家を訪ねたのかもしれません。力みのない描写に、春の訪れを実感します。

くたびれて来てたゝみたる春日傘　久保田万太郎

やれやれ、やはり外出は疲れると帰ってきたところ。あるいは、歩いている途中で日傘をさすことに疲れたのかもしれません。春になり、日差しが強くなってきた中を歩いてきて、ほっとひと息ついた感じが読みとれます。

日《ひ》沈《しず》む方へ歩きて日短《ひみじか》か　岸本尚毅《なおき》

沈む太陽を見ながら歩いている。日は短くなってきている。それだけを詠んでいるのです。何かの思想を伝えるわけでも、崇高な芸術を説くわけでもありません。それはまるで、人はただ生きて死んでいく、とでも言うかのようですね。

春惜しむ歩きたがらぬ犬を連れ

細谷《ほそや》喨々《りょうりょう》

老犬なのか、歩きたがらない犬を散歩に連れ出すのです。いや、きっと作者が春を惜しむために外に出たいのかもしれません。つきあわされる犬も大変ですが、「さあ、外に出ようよ。きっと気分がよくなるよ」と、やさしい視点が感じられます。

初蝶を見たりしそれも真黒な

藤井なづ菜

春の季語「初蝶」は、その年初めて見る蝶のこと。暖かくなってきてホッとしている中、目にした初蝶が真っ黒だったのです。ここに作者の衝撃があります。春の喜びに兆す不吉。外に出なければ得られなかった感慨です。

春分のちよつと明るめなる服で　コスモメルモ

春分は寒さが去り、外出の服を選ぶのが楽しくなってくるころです。今日はどんな服で行こう？　靴はどうしよう？「ちょっと明るめ」が、テンションの上がる様子を具体的に感じさせてくれます。

鴛鴦《おしどり》や人の渡れぬ向かう岸　東あふひ

歩いてきたら、川の向こう岸に鴛鴦がいました。「鴛鴦」は冬の季語で、つがいで一生添いとげることから、夫婦円満の象徴といわれますが、そんな鳥がいるのは「向かう岸」。しかも流れが急なのか、人が渡ることはできない。誰にも邪魔されず、寄り添う二羽。なんだかさまざまな深読みを誘う句です。

夏柳ほんのそこらを俥《くるま》曳《ひ》き

石井みや

「俥」という漢字を使っているから、これは人力車です。季語の「夏柳」は、城下町か水郷の景を想像させます。昔ながらの風景の残る堀端を、ほんのちょっと回ったのです。その「ほんのそこら」が効いています。

小社《こやしろ》に貧乏神や冬田道《ふゆたみち》

三宅美也子

村はずれには小さな社がありました。それは貧乏神なのです。そろそろ初雪が降りそうな寒さの中、田んぼの一本道を通って貧乏神にも律義に詣でる。昔話に出てくるような風景を、一句で簡潔に伝えています。

踏まれたる道たどりゆく枯野かな

柴田けふこ

「踏まれたる」と始めて、「何？ 何を踏んだの？」と思わせる。そのあとはゆるゆると「たどりゆく」。そして最後に「枯野」に着く。ここで初めて、草木の枯れ果てた野原を踏んできたのだとわかる。語順の工夫が効いた一句です。

ふらと寄り田楽《でんがく》食ふも深大寺

牧島りょう

深大寺は「深大寺そば」が有名な東京都調布市の寺。ここで蕎麦を食べた句なら、いくらでもあります。しかしこの作者は、田楽を選んだ。「田楽」は、田植え後の祝いの踊りに由来する食べ物で夏の季語。「ふらと寄り」に味わいが出ました。

裸木《はだかぎ》の向かう真赤なポルシェ来る　堀なでしこ

「真っ赤なポルシェ」といえば、山口百恵のヒット曲を思い出します。歌の中では緑の中を走り抜けていましたが、この句は裸木の季節を詠んでいます。ポルシェから日本人がイメージする風景を裏切り、寒々とした季語が新鮮味を出しています。

梅見るや日あたる場所に飯《めし》ひろげ　太田梓

梅が咲くころのわずかな暖かさの中で、弁当を広げたのです。一人なのでしょうか、それとも気のおけない友人と梅見に来たのか。寒さは残りますが、日向ぼこをしながらのんびりと弁当を使っているのでしょう。穏やかな様子に読み手の心もなごみます。

イヴの夜やいつもの場所に易者ゐて　牧やすこ

「クリスマス・イヴ」というと甘くてロマンチックな景色ばかりを見てしまいがち。けれども作者が眺めているのは、「こんな日も、いつものところに占い師が出ている」という景色。ちょっとさびしいような、安心なようなおもしろさがあらわれました。

お隣へ薔薇のアーチをくぐりぬけ　富樫風花《とがしふうか》

夏の日、作者は回覧板でも回しに行ったのでしょうか。お隣の門口には、満開の薔薇がそれは見事なアーチを作っています。なんでもない日常を詠んだ一句ですが、人生を豊かにしてくれるのは、こういうささやかな楽しみなのです。

夏帽子日傘の人を追ひ越して

山田こと子

「夏帽子」も「日傘」も夏の季語。季重なりですが、ここでは上五に置いた「夏帽子」がメインの季語となります。颯爽と行く帽子に焦点が合い、追い越された日傘は引き立て役に回ります。二人の年齢や表情の違いまで想像されておもしろいですね。

医院出て菖蒲《しょうぶ》の花のほかは見ず

藤なぎさ

「医院」というちょっと重苦しい場所から出て、まっすぐに菖蒲の咲く場所へ向かって行きました。それまでのことや病については言わず簡潔に詠むことで、作者の潔さ、花を楽しむのだという決意がくっきりと表れています。

篠《すず》の子の道や大きな犬がくる　佐藤信

「篠の子」（夏）は、篠竹《しのだけ》の竹の子。田舎道のわきに、よくつんつんと伸びています。そんなところに、向こうから大きな犬を連れた人が来たのでしょう。犬だけをクローズアップして、おもしろい句になりました。

川水のひときは濁り雪加《せっか》鳴く　たなか迪子

いつも見ている川。今日は大雨のあとなのか、いつになく濁っている。そこに「雪加」（夏）という鳥が鳴いていたというのです。なにげない景ですが、毎日のように、ちょっと出ては見に行っている川だからこそ、こういう句ができるのです。

郊外や
小旅行で

遠出の一句

郊外への吟行や旅先、お祭など、
足を延ばした先での句。
日常と異なる場所での視点を参考にしてください。

二里といひ一里ともいふ花野かな　炭《たん》太祇《たいぎ》

ここはどのくらいの広さだろうと、歩きながら口々に言っているのです。秋の草花の咲き満ちる「花野」（秋）はちょうど一里か、いや二里ほどあるかもしれない、と。まるで俳句を通じて、いにしえの俳人と会話しているかのようです。

冬の波冬の波止場に来て返す

加藤郁平《いくや》

冬の波止場に来たら、冬の波が寄せて返しています。作者はそれを見て帰ったのです。何かをことさらに語ることなく、ただそこにある風景を詠んでいます。この句にどんな思いを抱くのか、作者はそれを読み手に任せているのでしょう。

駅見ゆる十一月の峠より

辻 桃子

そろそろ立冬を迎え、寒さが本格的になってくる十一月。作者は峠を訪れていました。よく晴れたこの日は、遠くに駅も見えます。ピリッと冷えた空気の中、仙人が俗世間を見下ろしているかのよう。

ほのぬくき夜道やはるか山車《だし》灯《あか》り　飯田閃朴《せんぼく》

「山車」は夏の季語です。夜になってもまだ暑さの残る道路から、遠くに祭の灯が見えているのでしょう。かすかに鉦《かね》や太鼓の音も聞こえているかもしれません。にぎやかさの中に、一抹のさびしさも感じます。

稚鮎《ちあゆ》売る人に尋ねて道細く　如月真菜

「稚鮎」(春)は鮎の稚魚。鮎の捕れるところ、琵琶湖のまわりなどは稚鮎の飴煮屋が多いのです。目的地を尋ねながら古い通りを行くのですが、よくわからない状態。心細さの中で尋ねたのが稚鮎売りの店だったという意外性を表現しています。

野遊《のあそび》やまな板として割れ瓦《がわら》　小林大山

「野遊」は春の季語。やっと暖かくなり、外に出るのがうれしい季節が巡ってきました。野外で煮炊きをしたかったのに、まな板を忘れたのです。割れた瓦を代わりに使ったというところが愉快。忘れ物にもめげずに楽しんでいるところがいかにも野遊びです。

綿入りのもんぺ売るなり初の市　舟まどひ

「綿入れ」は二枚の生地で綿をはさんだ防寒用の和製キルト。「初の市」は新年初めて立つ市。どちらも冬の季語ですが、冬中通して着る綿入れよりも、今この正月どきだけ、という限定的な「初の市」がメインとして強く響く句です。

探梅《たんばい》の帰りの道の遠かりし　辻りん

まだ寒いのだけれど、そろそろ梅が咲くのではと探しに出かける「探梅」は晩冬の季語。なかなかに梅の蕾《つぼみ》は見つからず、たくさん歩いた帰り道は疲れて遠く感じます。行きと同じはずなのに、ちょっとしたおかしみもあります。

列車いま春の海へとかたむきぬ　小川春休

「春の海」というと、宮城道雄作曲の箏《そう》の名曲が頭の中に流れます。作者は車窓の景色の中に、その音色を感じているのかもしれません。列車が傾くと、のどかに光る海がぐっと近づいてきます。楽しさあふれる海の旅のひとときなのです。

蜩《ひぐらし》や友の墓前を去り難く　草野小象

故郷の友の墓参りに帰省してきたのかもしれません。人生の経験を重ねた年齢になれば、本当に「そうだ」としみじみ思い当たります。もの悲しく響く蜩の鳴き声が、友への思いをより深くしています。単純な描写だからこそ、多くの共感を呼ぶのです。

海鞘《ほや》さばく父を見てをり盆帰省　桜庭門九

お盆の時期に、遠くの実家に帰ってきました。父は子どものためにごちそうの海鞘をさばいています。海鞘を食べるのは東北でしょうか。久しぶりの父の歓迎ぶりに、しみじみとしている気持ちが伝わってきます。

秋灯《しゅうとう》やうめろうめろと湯守婆《ゆもりばあ》

山田めだか

湯守の婆がいる山の湯。秘湯といわれるような温泉かもしれません。暑い出湯なので、「うめろうめろ」と言っています。秋の灯が湯気に煙るようにともっているのでしょう。水で薄めるような熱さの出湯と、それを仕切る婆の様子がおもしろい一句。

袈裟《けさ》の僧船から降りて冬深し

前原水緒

袈裟を着たお坊さんは珍しくありませんが、船から降りてくるところに出くわすのはちょっと珍しい。そこをすかさず一句に詠んだのです。連絡船の島の船着き場でしょうか。僧が着いたことで、冬がいっそう深まったように感じられます。

桐咲くを見上げいそぐや箱根越え

槇 明治

五月ごろのほんのひととき、高く伸びた木の梢に薄紫のはかない花をつける桐。王朝時代には、ゆかしい女人にたとえられた花桐も、現代では見逃されがちです。作者はせっせと歩いてきた道の途中で一瞬この季語に目をとめ、また旅路を急いだのです。

夏雲に古墳連なる慶州《キョンジュ》かな

粟津まこと

韓国の慶州を訪れると、日本の奈良のように多くの古墳がありま す。有名な「金冠塚《きんかんつか》」など、新羅《しらぎ》時代の歴代の王たちが眠るたくさんの古墳を「連なる」と表現しています。その広々とした景色に「夏雲」のすがすがしい季語がぴたりとあてはまりました。

おわりに

この何年か、私たちは新型コロナウイルスの感染におびえて過ごしてきました。俳人たちもすっかり家ごもりに慣れてしまって、疫病の句もたくさん作られました。

そんな日々を経たいま、家の中で息をこらして句作りをすることは終え、そろそろ外へ出てみましょう。

まずは一歩外に出て、大きく胸をひらき、ゆっくりと息をして、あたりを見回します。空に風に、鳥の声に、花の香りに、体が生き返ったような感じがします。そうすると、頭と心が働き始めて、俳句の言葉が浮かんでくるではありませんか。

俳句は日記のようなものです。毎日歩いて、自然を見る喜びや人と会うときめきを、五七五という形にのせて、ちょこっと書きとめていきましょう。

けれど、俳句が日記やツイッターなどとは決定的に違うのは、それがどんなに下手な句でも、一つの作品だということです。日記は一生誰にも見せず、一人こっそり書き捨てればよいものですが、俳句はできればすぐに友だちに見せたり、先輩のアドバイスを受けたりしながら発表し、残してゆくことができる文芸作品なのです。

あなたの一生に一回しかない「今日」という日が、俳句作品になって残ってゆくのです。

あなたの人生はあなた以外、ほかの誰にも生きることはできません。自分のこの大切な一瞬一瞬を、日々、俳句にして残してゆきましょう。

如月真菜

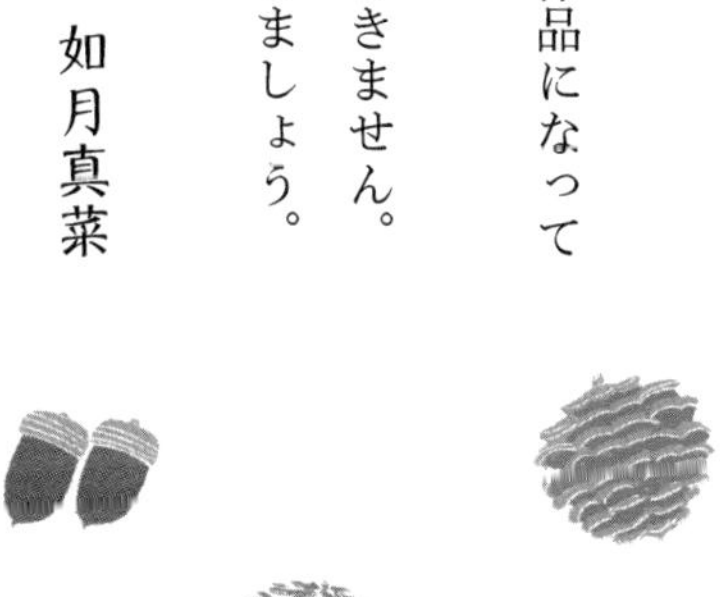

春のおでかけ季語

二十四節気（p.146参照）

立春（りっしゅう）
雨水（うすい）
啓蟄（けいちつ）
春分（しゅんぶん）
清明（せいめい）
穀雨（こくう）

特定の時期

如月（きさらぎ）
弥生（やよい）
彼岸（ひがん）
八十八夜（はちじゅうはちや）

自然・気候

寒明（かんあけ）
早春（そうしゅん）
春浅し（はるあさし）
春めく（はるめく）
雪解（ゆきどけ）
残雪（ざんせつ）
雪間（ゆきま）
薄氷（うすらひ）
冴返る（さえかえる）
余寒（よかん）
初雷（はつらい）
春泥（しゅんでい）
東風（こち）
春一番（はるいちばん）
春風（はるかぜ）
風光る（かぜひかる）
春光（しゅんこう）
山覚める（やまさめる）
山笑う（やまわらう）
流氷（りゅうひょう）
水温む（みずぬるむ）
貝寄風（かいよせ）
春潮（しゅんちょう）
霞（かすみ）
陽炎（かげろう）
暖か（あたたか）
日永（ひなが）
麗か（うららか）
長閑（のどか）
春暁（しゅんぎょう）
春宵（しゅんしょう）
春雨（はるさめ）
菜種梅雨（なたねづゆ）
花曇（はなぐもり）
花冷（はなびえ）
養花天（ようかてん）
朧（おぼろ）
霾（つちふる）
龍天に（りゅうてんに）
別れ霜（わかれじも）
春惜む（はるおしむ）
行く春（ゆくはる）
夏近し（なつちかし）
春の暮（はるのくれ）

人の暮らし

大試験（だいしけん）
新社員（しんしゃいん）
春日傘（はるひがさ）
春服（しゅんぷく）
春燈（しゅんとう）
雪囲解く（ゆきがこいとく）
屋根替（やねがえ）
潮干狩（しおひがり）
野遊（のあそび）
青き踏む（あおきふむ）
摘草（つみくさ）
凧（たこ）
風車（かざぐるま）
石鹸玉（しゃぼんだま）

ぶらんこ
競漕（きょうそう）
遍路（へんろ）

食べ物・飲み物

青饅（あおぬた）
浅蜊汁（あさりじる）
木の芽和（きのめあえ）
蜆汁（しじみじる）
田楽（でんがく）
蕗味噌（ふきみそ）
干鰈（ほしがれい）
目刺（めざし）
草餅（くさもち）
桜餅（さくらもち）
雛あられ（ひなあられ）
白酒（しろざけ）

農業・漁業

麦踏（むぎふみ）
山焼（やまやき）
末黒野（すぐろの）
野焼（のやき）
畑焼（はたやき）
耕（たがやし）
耕人（こうじん）
田打（たうち）
春田（はるた）
苗床（なえどこ）
苗代（なわしろ）
苗木市（なえぎいち）
花種蒔く（はなだねまく）
種芋（たねいも）
芋植う（いもうう）
剪定（せんてい）
茶摘（ちゃつみ）
上り簗（のぼりやな）
和布刈（わかめがり）

行事

二月礼者（にがつれいじゃ）
針供養（はりくよう）
涅槃会（ねはんえ）
雛祭（ひなまつり）
鶏合（とりあわせ）
彼岸会（ひがんえ）
開帳（かいちょう）
卒業（そつぎょう）
入学（にゅうがく）
花見（はなみ）
仏生会（ぶっしょうえ）
遠足（えんそく）
磯開（いそびらき）
ゴールデンウィーク
どんたく

動物

おたまじゃくし
蛙（かえる）
亀鳴く（かめなく）
虻（あぶ）
蝶（ちょう）
蜂（はち）
鶯（うぐいす）
雉（きじ）
帰雁（きがん）
囀（さえずり）
雀の子（すずめのこ）
燕（つばめ）
鳥帰る（とりかえる）
鳥の巣（とりのす）
花鳥（はなとり）
雲雀（ひばり）
頬白（ほおじろ）

百千鳥（ももちどり）
浅蜊（あさり）
磯巾着（いそぎんちゃく）
飯蛸（いいだこ）
海胆（うに）
桜貝（さくらがい）
桜鯛（さくらだい）
鱵（さより）
鰆（さわら）
蜆（しじみ）
白魚（しらうお）
田螺（たにし）
鰊（にしん）
蛤（はまぐり）
蛍烏賊（ほたるいか）
鱒（ます）
柳鮠（やなぎはや）
若鮎（わかあゆ）
公魚（わかさぎ）

猫の子（ねこのこ）
猫の恋（ねこのこい）

植物

アネモネ
梅（うめ）
金鳳華（きんぽうげ）
木の芽（このめ）
下萌（したもえ）
沈丁花（じんちょうげ）
スイートピー
杉の花（すぎのはな）
菫（すみれ）
竹の秋（たけのあき）
蒲公英（たんぽぽ）
チューリップ
椿（つばき）
葱坊主（ねぎぼうず）
猫柳（ねこやなぎ）

初桜（はつざくら）
花（はな）
花筏（はないかだ）
古草（ふるくさ）
豆の花（まめのはな）
水草生う（みくさおう）
木蓮（もくれん）
ものの芽（もののめ）
桃の花（もものはな）
山吹（やまぶき）
八重桜（やえざくら）
夜桜（よざくら）
若草（わかくさ）
アスパラガス
独活（うど）
茎立（くくたち）
春菊（しゅんぎく）
土筆（つくし）
韮（にら）

蕗の薹（ふきのとう）
蓬（よもぎ）
レタス
山葵（わさび）
蕨（わらび）
海苔（のり）
和布（わかめ）

夏のおでかけ季語

二十四節気
（p.146参照）

立夏（りっか）
小満（しょうまん）
芒種（ぼうしゅ）
夏至（げし）
小暑（しょうしょ）
大暑（たいしょ）

特定の時期

卯月（うづき）
皐月（さつき）
聖五月（せいごがつ）
水無月（みなづき）
入梅（にゅうばい）
梅雨入（ついり）
梅雨明（つゆあけ）
土用（どよう）

自然・気候

夏めく（なつめく）
薄暑（はくしょ）
短夜（みじかよ）
明易（あけやす）
青葉山（あおばやま）
青嵐（あおあらし）
風薫る（かぜかおる）
黒南風（くろはえ）
南風吹く（みなみふく）
走梅雨（はしりづゆ）
五月雨（さみだれ）
梅雨出水（つゆでみず）
梅雨寒（つゆざむ）
梅雨晴（つゆばれ）
夏野（なつの）
夏霧（なつぎり）
雲の峰（くものみね）
雷（かみなり）
夕立（ゆうだち）
虹（にじ）
瀧（たき）
泉（いずみ）
清水（しみず）
滴り（したたり）
涼し（すずし）
片蔭（かたかげ）
涼風（りょうふう）
炎天（えんてん）
炎暑（えんしょ）
極暑（ごくしょ）
日盛（ひざかり）
油照（あぶらでり）
風死す（かぜしす）
灼くる（やくる）
西日（にしび）
夕焼（ゆうやけ）
夕凪（ゆうなぎ）
夜の秋（よるのあき）

人の暮らし

更衣（ころもがえ）
夏服（なつふく）
白服（しろふく）
浴衣（ゆかた）
半ズボン（はんずぼん）
夏帽子（なつぼうし）
ハンカチ
サングラス
団扇（うちわ）
日傘（ひがさ）
香水（こうすい）
夏館（なつやかた）
青簾（あおすだれ）
籐椅子（とういす）
風鈴（ふうりん）

噴水（ふんすい）
箱庭（はこにわ）
打水（うちみず）
冷房（れいぼう）
夜釣（よづり）
夜店（よみせ）
金魚玉（きんぎょだま）
花火（はなび）
川床（ゆか）
鵜飼（うかい）
船遊び（ふなあそび）
泳ぎ（およぎ）
海の家（うみのいえ）
プール
浮人形（うきにんぎょう）
ヨット
キャンプ
蛍狩（ほたるがり）
登山（とざん）
虫刺され（むしさされ）
日射病（にっしゃびょう）
ナイター
帰省（きせい）
避暑（ひしょ）
夏休（なつやすみ）

食べ物・飲み物

鮓（すし）
筍飯（たけのこめし）
冷し中華（ひやしちゅうか）
冷奴（ひややっこ）
豆飯（まめめし）
かき氷（かきごおり）
柏餅（かしわもち）
心太（ところてん）
水羊羹（みずようかん）
新茶（しんちゃ）
麦茶（むぎちゃ）
サイダー
ソーダ水（そーだすい）
梅酒（うめしゅ）
ビール
冷酒（ひやざけ）

農業・漁業

溝浚（みぞさらえ）
田植（たうえ）
早乙女（さおとめ）
早苗（さなえ）
草刈（くさかり）
干草（ほしくさ）
麦刈（むぎかり）
青田（あおた）

行事

端午（たんご）
鯉幟（こいのぼり）
菖蒲湯（しょうぶゆ）
競馬（くらべうま）
夏場所（なつばしょ）
母の日（ははのひ）
父の日（ちちのひ）
祭（まつり）
宵宮（よいみや）
葵祭（あおいまつり）
三社祭（さんじゃまつり）
山開（やまびらき）
海開（うみびらき）
鬼灯市（ほおずきいち）
朝顔市（あさがおいち）
祇園祭（ぎおんまつり）
夏越（なごし）

動物

蟻（あり）
糸蜻蛉（いととんぼ）

空蝉（うつせみ）
落し文（おとしぶみ）
蚊（か）
蝸牛（かたつむり）
蜘蛛（くも）
毛虫（けむし）
金亀子（こがねむし）
御器噛（ごきぶり）
紙虫（しみ）
天道虫（てんとうむし）
蛞蝓（なめくじ）
蠅（はえ）
火取虫（ひとりむし）
蛍（ほたる）
蚯蚓（みみず）
雨蛙（あまがえる）
蜥蜴（とかげ）
蟇（ひきがえる）
蛇（へび）

浮巣（うきす）
郭公（かっこう）
行々子（ぎょうぎょうし）
水鶏（くいな）
時鳥（ほととぎす）
夏燕（なつつばめ）
羽抜鳥（はぬけどり）
老鶯（ろうおう）
鯵（あじ）
穴子（あなご）
鮎（あゆ）
岩魚（いわな）
金魚（きんぎょ）
海月（くらげ）
鯖（さば）
鱧（はも）

植物

紫陽花（あじさい）
萍（うきくさ）
卯の花（うのはな）
柿の花（かきのはな）
桐の花（きりのはな）
草いきれ（くさいきれ）
芍薬（しゃくやく）
鈴蘭（すずらん）
鉄線花（てっせんか）
夏落葉（なつおちば）
合歓の花（ねむのはな）
葉桜（はざくら）
花菖蒲（はなしょうぶ）
薔薇（ばら）
向日葵（ひまわり）
牡丹（ぼたん）
百合（ゆり）

若葉（わかば）
キャベツ
胡瓜（きゅうり）
十薬（じゅうやく）
トマト
茄子（なす）
枇杷（びわ）
実梅（みうめ）
万緑（ばんりょく）
緑蔭（りょくいん）
木下闇（こしたやみ）

秋のおでかけ季語

二十四節気

（p.146参照）

立秋（りっしゅう）
処暑（しょしょ）
白露（はくろ）
秋分（しゅうぶん）
寒露（かんろ）
霜降（そうこう）

特定の時期

文月（ふみづき）
葉月（はづき）
原爆忌（げんばくき）
終戦日（しゅうせんび）
二百十日（にひゃくとおか）
長月（ながつき）

自然・気候

残暑（ざんしょ）
星月夜（ほしづくよ）
天の川（あまのがわ）
新涼（しんりょう）
秋めく（あきめく）
秋風（あきかぜ）
爽やか（さわやか）
秋澄む（あきすむ）
秋麗（あきうらら）
龍淵に（りゅうふちに）
野分（のわき）
秋出水（あきでみず）
雁渡（かりわたし）
稲妻（いなずま）
秋の虹（あきのにじ）
露（つゆ）
霧（きり）
水澄む（みずすむ）
秋晴（あきばれ）
天高し（てんたかし）
鯖雲（さばぐも）
鰯雲（いわしぐも）
月（つき）
月光（げっこう）
盆の月（ぼんのつき）
三日月（みかづき）
名月（めいげつ）
十五夜（じゅうごや）
十三夜（じゅうさんや）
花野（はなの）
秋霖（しゅうりん）
朝寒（あささむ）
そぞろ寒（そぞろさむ）
身に入む（みにしむ）
秋深し（あきふかし）
暮の秋（くれのあき）
釣瓶落とし（つるべおとし）
夜長（よなが）
山粧う（やまよそおう）

人の暮らし

休暇明（きゅうかあけ）
忘れ団扇（わすれうちわ）
秋扇（あきおうぎ）
虫籠（むしかご）
月見（つきみ）
竹伐る（たけきる）
赤い羽根（あかいはね）
松手入（まつていれ）
菊作り（きくづくり）
菊人形（きくにんぎょう）
相撲（すもう）
夜学（やがく）
秋思（しゅうし）
秋の燈（あきのひ）
美術展（びじゅつてん）
紅葉狩（もみじがり）
葡萄狩（ぶどうがり）

茸狩（きのこがり）
初猟（はつりょう）
葛掘る（くずほる）
冬支度（ふゆじたく）

食べ物・飲み物

茸飯（きのこめし）
栗飯（くりめし）
新蕎麦（しんそば）
新豆腐（しんどうふ）
新米（しんまい）
柚味噌（ゆみそ）
干柿（ほしがき）
新酒（しんしゅ）
濁酒（にごりざけ）

農業・漁業

案山子（かかし）
稲刈（いねかり）
刈田（かりた）
稲扱（いねこき）
稲架（はざ）
籾（もみ）
豊年（ほうねん）
秋耕（しゅうこう）
種採（たねとり）
豆引く（まめひく）
下り簗（くだりやな）
崩れ簗（くずれやな）

行事

七夕（たなばた）
星祭（ほしまつり）
盆（ぼん）
生身魂（いきみたま）
踊（おどり）
流燈（りゅうとう）
送り火（おくりび）
迎火（むかえび）
大文字（だいもんじ）
敬老の日（けいろうのひ）
重陽（ちょうよう）
時代祭（じだいまつり）
秋祭（あきまつり）
運動会（うんどうかい）
芋煮会（いもにかい）
ハロウィーン
文化の日（ぶんかのひ）

動物

秋蚕（あきご）
蝗（いなご）
落蟬（おちぜみ）
蜉蝣（かげろう）
鉦叩（かねたたき）
蟷螂（かまきり）
鈴虫（すずむし）
蜻蛉（とんぼ）
飛蝗（ばった）
蜩（ひぐらし）
松虫（まつむし）
蓑虫（みのむし）
虫の声（むしのこえ）
稲雀（いなすずめ）
色鳥（いろどり）
鴨来る（かもくる）
雁来る（かりくる）
小鳥来る（ことりくる）
秋燕（しゅうえん）
鵯（ひよどり）
椋鳥（むくどり）
鵙（もず）
渡り鳥（わたりどり）
鰯（いわし）
落鮎（おちあゆ）
鮭（さけ）

秋刀魚（さんま）
鯊（はぜ）
猪（いのしし）
鹿（しか）
馬肥ゆる（うまこゆる）
蛇穴に入る（へびあなにいる）

植物

秋草（あきくさ）
秋の七草（あきのななくさ）
朝顔（あさがお）
赤のまま（あかのまま）
末枯（うらがれ）
白粉花（おしろいばな）
女郎花（おみなえし）
カンナ
桔梗（ききょう）
菊（きく）
葛の花（くずのはな）
草の花（くさのはな）
草紅葉（くさもみじ）
鶏頭（けいとう）
コスモス
木の実（このみ）
秋海棠（しゅうかいどう）
新松子（しんちぢり）
芒（薄）（すすき）
蕎麦の花（そばのはな）
竹の春（たけのはる）
露草（つゆくさ）
撫子（なでしこ）
萩（はぎ）
藤袴（ふじばかま）
芙蓉（ふよう）
鳳仙花（ほうせんか）
曼珠沙華（まんじゅしゃげ）
木槿（むくげ）
紅葉（もみじ）
破芭蕉（やればしょう）
龍胆（りんどう）
吾亦紅（われもこう）
秋茄子（あきなす）
小豆（あずき）
稲（いね）
芋（いも）
貝割菜（かいわりな）
南瓜（かぼちゃ）
茸（きのこ）
胡麻（ごま）
生姜（しょうが）
西瓜（すいか）
唐辛子（とうがらし）
菱の実（ひしのみ）
糸瓜（へちま）
無花果（いちじく）
栗（くり）
柘榴（ざくろ）
梨（なし）
葡萄（ぶどう）
桃の実（もものみ）
林檎（りんご）

冬のおでかけ季語

二十四節気

（p.146参照）

立冬（りっとう）
小雪（しょうせつ）
大雪（たいせつ）
冬至（とうじ）
小寒（しょうかん）
大寒（だいかん）

特定の時期

神無月（かんなづき）
霜月（しもつき）
師走（しわす）
極月（ごくげつ）
年の暮（としのくれ）
数え日（かぞえび）
大晦日（おおみそか）
除夜（じょや）
寒の入（かんのいり）

自然・気候

小春日（こはるび）
冬日（ふゆび）
冬晴（ふゆばれ）
短日（たんじつ）
寒さ（さむさ）
冬入日（ふゆいりひ）
木枯（こがらし）
時雨（しぐれ）
隙間風（すきまかぜ）
寒風（かんぷう）
北風（きたかぜ）
空風（からかぜ）
冴ゆる（さゆる）
凍る（こおる）
冬ざれ（ふゆざれ）
冬帝（とうてい）
雪（ゆき）
初雪（はつゆき）
雪もよい（ゆきもよい）
風花（かざはな）
霜（しも）
霜柱（しもばしら）
霰（あられ）
霙（みぞれ）
氷（こおり）
氷柱（つらら）
水涸る（みずかる）
寒晴（かんばれ）
寒の水（かんのみず）
寒潮（かんちょう）
波の花（なみのはな）
山眠る（やまねむる）
雪山（ゆきやま）
枯野（かれの）
寒月（かんげつ）
寒昴（かんすばる）
日脚伸ぶ（ひあしのぶ）
春隣（はるどなり）

人の暮らし

木の葉髪（このはがみ）
着ぶくれ（きぶくれ）
ちゃんちゃんこ
毛皮（けがわ）
手袋（てぶくろ）
マフラー
セーター
コート
懐炉（かいろ）
ブーツ
雪靴（ゆきぐつ）
冬構（ふゆがまえ）
絨毯（じゅうたん）
冬燈（ふゆともし）
雪囲（ゆきがこい）

雪吊（ゆきつり）
藪巻（やぶまき）
焚火（たきび）
火事（かじ）
雪下ろし（ゆきおろし）
除雪車（じょせつしゃ）
橇（そり）
狩（かり）
薬喰（くすりぐい）
息白し（いきしろし）
悴む（かじかむ）
咳（せき）
水洟（みずばな）
嚔（くさめ）
懐手（ふところで）
日向ぼこ（ひなたぼこ）
柚子湯（ゆずゆ）
ボーナス
歳暮（せいぼ）
年忘（としわすれ）
年用意（としようい）
飾売（かざりうり）
日記買う（にっきかう）
賀状書く（がじょうかく）
松迎（まつむかえ）
寒稽古（かんげいこ）
寒声（かんごえ）
寒紅（かんべに）
雪兎（ゆきうさぎ）
スキー
スケート
スノーボード
ラグビー
雪焼（ゆきやけ）
避寒（ひかん）
探梅（たんばい）
寒見舞（かんみまい）

食べ物・飲み物

おでん
粕汁（かすじる）
キムチ漬（きむちづけ）
切干（きりぼし）
茎漬（くきづけ）
氷豆腐（こおりどうふ）
鋤焼（すきやき）
雑炊（ぞうすい）
蕎麦湯（そばゆ）
鍋焼（なべやき）
風呂吹（ふろふき）
餅（もち）
闇汁（やみじる）
湯豆腐（ゆどうふ）
寄鍋（よせなべ）
鯛焼（たいやき）
焼芋（やきいも）
熱燗（あつかん）
玉子酒（たまござけ）
葛湯（くずゆ）

農業・漁業

寒肥（かんごえ）
冬耕（とうこう）
冬田（ふゆた）
大根干す（だいこんほす）

行事

酉の市（とりのいち）
里神楽（さとかぐら）
顔見世（かおみせ）
七五三（しちごさん）
羽子板市（はごいたいち）
クリスマス
寒行（かんぎょう）
節分（せつぶん）

鬼やらい（おにやらい）
厄落（やくおとし）

動物

綿虫（わたむし）
浮寝鳥（うきねどり）
鳰（かいつぶり）
寒鴉（かんがらす）
寒雀（かんすずめ）
笹鳴（ささなき）
鶴（つる）
白鳥（はくちょう）
鮟鱇（あんこう）
牡蠣（かき）
蟹（かに）
寒鯉（かんごい）
鱈（たら）
海鼠（なまこ）
河豚（ふぐ）
鰤（ぶり）
兎（うさぎ）
かじけ猫（かじけねこ）
狐（きつね）
熊（くま）
狸（たぬき）
冬眠（とうみん）

植物

落葉（おちば）
帰り花（かえりばな）
枯木（かれき）
枯草（かれくさ）
枯芝（かれしば）
枯葉（かれは）
枯蓮（かれはす）
寒菊（かんぎく）
寒椿（かんつばき）
寒牡丹（かんぼたん）
山茶花（さざんか）
シクラメン
水仙（すいせん）
早梅（そうばい）
茶の花（ちゃのはな）
冬木立（ふゆこだち）
冬桜（ふゆざくら）
冬薔薇（ふゆばら）
冬芽（ふゆめ）
冬萌（ふゆもえ）
ポインセチア
室咲（むろざき）
藪柑子（やぶこうじ）
龍の玉（りゅうのたま）
侘助（わびすけ）
蕪（かぶ）
木守柿（こもりがき）
大根（だいこん）
人参（にんじん）
葱（ねぎ）
白菜（はくさい）
蜜柑（みかん）

新年のおでかけ季語

特定の時期

新年（しんねん）
初春（はつはる）
正月（しょうがつ）
睦月（むつき）
今年（ことし）
去年今年（こぞことし）
元旦（がんたん）
三ケ日（さんがにち）
初昔（はつむかし）
人日（じんじつ）
松の内（まつのうち）
松過ぎ（まつすぎ）
餅間（もちあい）
小正月（こしょうがつ）

自然・気候

初空（はつぞら）
初星（はつぼし）
初日（はつひ）
初明り（はつあかり）
初晴（はつばれ）
初東風（はつごち）
初凪（はつなぎ）
御降（おさがり）
初霞（はつがすみ）
初景色（はつげしき）
初富士（はつふじ）
初筑波（はつつくば）
初比叡（はつひえい）
若菜野（わかなの）

人の暮らし

門松（かどまつ）
飾（かざり）
飾海老（かざりえび）
注連飾（しめかざり）
蓬莱（ほうらい）
鏡餅（かがみもち）
若水（わかみず）
年賀（ねんが）
御慶（ぎょけい）
礼者（れいじゃ）
年玉（としだま）
年賀状（ねんがじょう）
初便（はつだより）
初燈（はつともし）
初暦（はつごよみ）
初座敷（はつざしき）
俎始（まないたはじめ）
初鏡（はつかがみ）
初髪（はつがみ）
春著（はるぎ）
著衣始（きそはじめ）
初電話（はつでんわ）
初写真（はつじゃしん）
初刷（はつずり）
初笑（はつわらい）
泣初（なきぞめ）
初湯（はつゆ）
初夢（はつゆめ）
掃初（はきぞめ）
書初（かきぞめ）
読初（よみぞめ）
初旅（はつたび）
乗初（のりぞめ）
仕事始（しごとはじめ）
御用始（ごようはじめ）
新年会（しんねんかい）
初市（はついち）
初荷（はつに）
初商（はつあきない）
買初（かいぞめ）
福達磨（ふくだるま）
初漁（はつりょう）

万歳 （まんざい）
獅子舞 （ししまい）
猿回し （さるまわし）
傀儡師 （かいらいし）
懸想文売 （けそうぶみうり）
初芝居 （はつしばい）
初席 （はつせき）
若菜摘 （わかなつみ）
餅花 （もちばな）
繭玉 （まゆだま）
藪入 （やぶいり）

食べ物・飲み物

雑煮 （ぞうに）
太箸 （ふとばし）
福沸 （ふくわかし）
数の子 （かずのこ）
結昆布 （むすびこんぶ）
喰積 （くいつみ）

黒豆 （くろまめ）
田作 （たづくり）
切山椒 （きりざんしょう）
七種 （ななくさ）
屠蘇 （とそ）
年酒 （ねんしゅ）
福茶 （ふくちゃ）

行事

出初 （でぞめ）
松納 （まつおさめ）
鳥総松 （とぶさまつ）
鏡開 （かがみびらき）
弓始 （ゆみはじめ）
成人の日 （せいじんのひ）
歌会始 （うたかいはじめ）
初句会 （はつくかい）
蔵開 （くらびらき）
成木責 （なりきぜめ）

福茶 （ふくちゃ）
初場所 （はつばしょ）
鍬始 （くわはじめ）
注連貰 （しめもらい）
左義長 （さぎちょう）
かまくら
なまはげ

宗教

初詣 （はつもうで）
恵方詣 （えほうもうで）
七福神詣 （しちふくじんもうで）
十日戎 （とおかえびす）
鷽替 （うそかえ）
初閻魔 （はつえんま）
初天神 （はつてんじん）
初不動 （はつふどう）
初勤行 （はつごんぎょう）
初護摩 （はつごま）
初ミサ （はつみさ）

動物

初声 （はつこえ）
初鴉 （はつがらす）
初雀 （はつすずめ）
嫁が君 （よめがきー）
伊勢海老 （いせえび）

植物

歯朶 （しだ）
千両 （せんりょう）
橙 （だいだい）
福寿草 （ふくじゅそう）
穂俵 （ほだわら）
楪 （ゆずりは）
若菜 （わかな）

著者

辻 桃子（つじ ももこ）

1945年、横浜に生まれ、東京で育つ。1987年、月刊俳句誌『童子』を創刊、主宰。第1回資生堂花椿賞、第5回加藤郁乎賞、手島右卿特別賞受賞。著書に『いちばんわかりやすい俳句歳時記』シリーズ、『まいにちの季語』『イチからの俳句入門』（以上、安部元気と共著・主婦の友社）など。句集や連載も多数。日本伝統俳句協会理事。NHK「俳句王国」主宰、日本現代詩歌文学館理事なども務める。
【連絡先】〒186-0001　東京都国立市北1-1-7-103　童子吟社（FAX042-571-4666）
【童子吟社ホームページ】http://doujiginsha.web.fc2.com

如月真菜（きさらぎ まな）

1975年、東京生まれ。6歳ごろから俳句を始める。1987年「童子」入会、辻桃子に師事。NHK文化センター、南大沢カルチャーセンターなどの講師を経て、現在「童子」副主宰。『童子』大賞、わらべ賞受賞。句集『琵琶行』で第12回田中裕明賞受賞。句集に『蜜』（蝸牛社）、『菊子』（ふらんす堂）、著書に『写真で俳句をはじめよう』（ナツメ社）など。「俳句甲子園」審査委員長を務める。

※本書は著者の既刊『イチからの俳句入門』の一部を再編集して使用した箇所があります。

毎日《まいにち》が新鮮《しんせん》に！ 俳句入門《はいくにゅうもん》
ちょっとそこまで おでかけ俳句《はいく》

2023年4月20日　第1刷発行
2023年8月10日　第2刷発行

著　者　辻《つじ》　桃子《ももこ》
　　　　如月《きさらぎ》真菜《まな》
発行者　平野健一
発行所　株式会社主婦の友社
　　　　〒141-0021　東京都品川区上大崎3-1-1 目黒セントラルスクエア
　　　　電話 03-5280-7537（内容・不良品等のお問い合わせ）
　　　　　　049-259-1236（販売）
印刷所　大日本印刷株式会社

 ISBN978-4-07-453977-2